데이비드 리치 씨의

골목 골목 재미있는

서울 이야기

글 · 그림 데이비드 리치

늘봄

한 외국인에게

새로움과 고향과 같은 편안함을 준

대한민국 국민께

추천사

독자에게

이 책은 구멍가게, 은행잎과 여관생활 같은 소소한 것들에 관한, 애정 어린, 그러나 예리한 시각으로 담아낸 서울의 초상이다.

서울을 다정한 외국인의 눈을 통해 보라. 그럼 서울이 완전히 다르게 보일 것이다.

내가 이 책을 통해 알게 된 것은, 내가 서울을 계속적으로 움직이게 하는 사람이란 사실이다. 맞나요?

아줌마로부터

서문

이 책을 발행해준 조유현 사장님과 출판하는 데 모든 노력을 기울여준 서울스코프의 직원들에게 감사드린다.

이 칼럼이 여기까지 오도록 만들어준 서울스코프의 독자들께도 또한 감사드린다. 이 책에 드러난 생각들은 별도로 언급되어 있지 않은 한 저자개인의 견해이다.

이 에세이의 많은 부분이 사실에 근거한 보고를 위해 쓴 것이 아니라 서울생활에 대한 흥미로운 공상을 기술한 것이므로 가벼운 마음으로 읽어주기 바란다.

또한, 한국의 독자들에게는 영어로 지어진 시들이 한국말로 번역되어 쉽게 뜻이 통하지 않는 점도 양해바란다.

데이비드 리치

Contents

2. 이것을 서울시장님은 알고계실까?

3. 서울의 신기한 지하도시

4. 호랑이의 노래

6. 그런데 이해할 수 없는 서울, 서울사람

7. 나는 이런 일을 하는데, 어쨌든 죄송합니다!

1

사랑할 수밖에 없는 서울

우리 동네 구경 오세요!

미스터 로저스*는 그의 동네에 사람들을 초청하여 쇼를 진행했었다. 내가 집이라 부르는 서울의 한 모퉁이를 한 번 보실래요?

나는 경복궁의 모습이 맨눈으로 훤히 들여다보이는 사직공원 옆 필운동에 산다. 창문으로 한국의 역사와 문화를 한눈에 바라볼 수 있다. 궁궐의 지붕부터 그 뒤에 있는 거대한 옥외 전시용 스크린까지 전부 말이다.

이 지역은 아침 6시쯤 되면 부산스러워지기 시작한다. 배달부는 상점에 공급할 물건을 트럭에 싣고 온다. 가끔 트럭은 후진 할 때 음악소리를 낸다. (한국에 오기 전에는 바퀴 달린 자동차가 "하이랜드 래디**?"를 연주하는 것을 들은 적이 없다.)

하나씩 하나씩 가게가 문을 연다. 식료품점 아줌마는 영어를 한마디도 모르며 내 한국말 능력은 형편없는데도 나를 붙들며 얘기를 하려고 애쓴다. 하지만 미소와 몸짓으로 많은 것

---

* 미스터 로저스(Mr. Rogers): 〈Mr. Rogers' Neighbor-hood〉라는 어린이 TV 쇼 진행자

** 하이랜드 래디: 스코틀랜드 백파이프 민요

을 성취할 수 있다.

과일가게 아저씨는 대단하다. 그는 아시아에서 가장 맛있는 배를 파는데, 가장 추운 날조차도 웃음을 잃지 않는다.

신문 가판대 아줌마 역시 보기 좋다. 그 가게에는 그릴이 있어 붕어빵을 신문과 함께 살 수 있다. (뉴욕에서 그런 걸 한 번 찾아보기를!)

이런 것들 사이를 헤집고 다니는 사람은 종이박스를 수거하는 아저씨다. 그는 사용하고 버린 종이박스를 모으는데 이를 잘 접어서 카트에 실어 끌고 간다. 그는 찰깍! 찰깍! 찰깍! 엿가위로 소리를 내어 자신이 지나감을 알린다.

신문을 비롯한 잡다한 물건을 파는 가판대도 있다. 공중전화 박스 정도 크기의 이 상점에는 실제로 당신이 필요로 할지도 모를 모든 것이 있다. 〈닥터 후〉*의 타임머신 TARDIS는 안이 밖보다 훨씬 큰 것을 기억하는가? 이 가게 주인은 거기서 보고 배웠나보다!

필운동은 이제 나의 집이다. 내 고향 버지니아주의 옛 이웃과는 전혀 다른 고향인 것이다. "아늑하다"라고 따라 해볼래요? "매혹적이다"라고 따라 해볼래요? 찰깍! 찰깍! 찰깍!

---

* 닥터 후(Doctor Who): 영국의 sci-fi TV프로그램

한국의 보물섬-서점

나는 집이나 사무실에 있지 않으면, 서울의 멋진 서점 중에 하나에 가있을 가능성이 높다. 한국어를 잘하든 못하든 서점에서 뭔가 재미있는 것을 찾을 수 있을 것이다!

해변에서 읽을 수 있는 가벼운 것도 물론 있다. 하지만 해변에서 읽을 그런 책을 찾으러 한국의 서점에 간다면, 사람들은 왜 버지니아 비치나 산타모니카에 가지 않고 한국에 왔는지 의아해 할 것이다. 그러니까 다른 책들을 둘러보시길. 서점에 있는 것들을 보면 놀랄 것이다!

시내의 한 서점에서 나는 멋진 그림이 들어있는 기번의《로마제국 쇠망사》전집, C. S. 루이스의《단어연구》, 그리고 민속과 전설, 신화 등이 담긴 나의 도서연구에 많이 사용되었던 거대한 사전 등을 찾아냈다.

지하철 을지로1가역 근처 지하에 있는 다른 서점에서는 플루타르크의《영웅전》에서부터 월터 로드가 쓴 타이타닉호의 침몰에 관한 책인《잊지 못할 밤》에 이르기까지 뜻밖의 책들을 찾아냈다.

중고서점도 잊지 말기를 바란다. 이태원 근처의 한 서점에서 정말 저렴하게 조지 오웰의 4권짜리 저널 모음집도 구입했다. 시청 근처에 있는 다른 서점은 피어리스 포스딕의 모험 선집을 자랑스럽게 진열해놓고 있다. (좋아, 연재만화 애호가들이여! 오랫동안 고통 받았던 포스딕의 약혼자는 누구였는지요?)

한국의 문학을 번역한 서적들도 있다. 역사, 전설 등 그 선택은 끝이 없다. 그중 내가 좋아하는 전설은 세 마리의 호랑이를 밧줄과 참기름 바른 강아지 한 마리로 잡은 이야기이다.

미스터리, 역사, 잡지, 만화 등, 이들이 서울의 서점에서 당신을 기다리고 있다. 집으로 가는 비행기 안에서 읽기에 딱 좋다!

엄청나게 맛있는 음식

먹는 것 싫어하는 사람도 있을까? 없을 거다. 그러니까 사람이라면 누구나 서울을 좋아할 것이다. 왜냐하면 서울은 식당을 찾는 모든 사람들의 입맛을 충족시켜줄 그 무언가가 많기 때문이다. 이탈리아, 멕시코, 인도, 아프가니스탄, 미국, 러시아, 해산물, 쇠고기, 채식 등. 서울에서는 이 모든 음식들을 즐길 수 있다.

하지만 서울은 한국의 수도이고, 따라서 최고의 음식은 물론 한국음식일 것이다. 그런데 당신이 한국을 처음 방문하는 길이라면, 아마 한국음식을 제대로 먹어 보기란 쉽지 않을 것이다. 자, 어디로 가야 맛있는 음식을 먹을 수 있을까?

맛있는 한국음식은 도처에 있다. 정말 맛있는 식당을 찾으려면 조금만 찾아보면 된다. 한국친구나 호텔에 있는 사람에게 물어보면 도움이 된다.

"삼계탕 잘하는 집이 어딥니까?"라고 물어보면 몇 분 안 되어 곧 길거리에 있는 편안한 식당의자에 앉아 당신 앞에 놓여진 펄펄 끓는 진한 삼계탕을 대하게 될 것이다.

정말로 괜찮은 식당은 반드시 깜빡거리는 간판이나 화려한 외관 혹은 무성하고 싱싱한 잎 등으로 치장하고 있지 않다. 종종 그렇듯이 정말 맛있는 식당들은 보통 두 번 눈길을 줄 것 같지 않을 그런 작고 소박한 식당들이다. 내가 좋아하는 식당 중 하나는 경복궁 근처 좁은 골목길에 있는 사람들이 잘 알아볼 수 없게 숨어있는 식당이다.

이곳의 식당은 반찬을 아끼지 않고 제공한다. 김치부터 냉국까지, 정말 푸짐하게 잘 차려진 반찬을 보게 될 것이다.

주의 한마디. 서양음식 외에 다른 음식에 민감한 반응을 보인다면, 매운 음식은 되도록 삼가시기를. 한국인들도 때로는 너무 맵게 먹다가 후에 고생하는 경우가 있으니 말이다. 지금 내가 이 글을 쓰는 시점에, 한 한국인 친구는 진짜로 매운 오징어 음식을 먹고 고생하다가 지금에서야 회복상태에 있다.

하지만 한국을 방문하는 서양인이 선택할 수 있는 음식은 여전히 즐비하다. 갈비, 김밥, 비빔밥, 불고기 등등. 한국에 머무르는 동안 그것들은 꼭 먹어 보아야 한다!

시장으로, 시장으로!

날씨가 온화해졌으니 한국의 멋진 구경거리인 재래시장에 가보도록 하자!

한국의 재래시장을 처음 방문한다면 새로운 경험을 즐길 준비를 하시라. 미국이나 캐나다에서는 쇼핑이 지루하고 무미건조하다. 그곳에선 모든 것이 반듯하게 정렬되어있고, 라벨이 붙어있고, 포장까지 되어있으며, 대체로 모든 것이 가능한 한 덤덤하게 만들어져 있다.

그러나 한국의 시장에서는 쇼핑이 쇼핑답다. 즉, 분주하고, 걸맞은 냄새가 나며, 시끄럽고 재미있다! 아마도 재래시장의 가장 좋은 점은 언제 어디서 시장을 발견할지 모른다는 점이다. 모퉁이를 돌아가다 보면 갑자기 길게 늘어선 상점과 끝을 알 수 없을 정도로 긴 노점을 발견하게 된다. 이러한 재래시장은 한 치의 빈틈도 없이 상품으로 가득 차 있다. 그 다양성은 놀라울 정도다. 면제품에서부터 콩, 배에서 닭, 장화에서 목욕타월까지. 여기에선 이 모든 것뿐만 아니라 다른 수백만 가지 것들을 살 수 있다.

이해하시라. 이러한 시장은 미국 쇼핑몰 같이 넓고 조용하지는 않다. 미국 쇼핑몰의 10분의 1쯤 되는 공간에 다섯 개의 쇼핑몰을 쑤셔 넣은 것 같다! 재래시장은 거의 항상 사람들로 붐빈다. 사람들은 당구공처럼 서로 부딪혀 튄다. 아이들은 소리를 질러댄다. 살아있는 생선은 물탱크나 통에서 헤엄치며 뛰어오른다.

그러나 아무도 개의치 않는 것 같다. 심지어는 오토바이 배달꾼이 사납게 지나가도 말이다. 혹 잠시 동안 이런 군중을 피해 쉬고 싶다면 몇 걸음 안 가서 곧바로 편안하고 멋진 커피숍을 만나게 된다.

내가 가장 좋아하는 곳은 농산물 코너이다. 거대하고 단물 많은 아시아의 배, 큰 딸기, 달콤한 멜론, 크고 단 사과…. 정말로 좋아한다!

그러니 꼭 시장에 가보라. 괜찮다면 노점상이 파는 와플을 사시라. (크고, 뜨겁고, 버터와 꿀이 뚝뚝 떨어지는…, 이곳 와플은 대단하다.) 그리고는 걸어 다니며 우적우적 먹어보시기를. 물건을 한 아름 사지 않더라도 적어도 다채로운 추억을 가지고 갈 수는 있을 것이다.

골목탐험

서울은 주요도로에서 몇 걸음만 벗어나면, 갑자기 좁은 길과 골목들이 얽혀 있다. 그곳이야말로 진정한 생기가 넘치기 시작하는 곳이다.

서울의 골목길에는 당구장에서 이발소에 이르기까지 모든 것이 자리하고 있다. 이곳은 마치 거대한 중고서점처럼 《척추동물 화석학》 옆에 소설 《아이반호》가 있고 그 옆에는 또 뭐가 있을지 전혀 알 수 없다.

반드시 부딪치게 되는 것 하나는 교통이다. 조심하시라. 자동차가 사람에게 양보할 것이라고는 절대 생각하지 말라. 뒤에서 차 소리 같은 것을 듣는다면, 길에서 비켜나 차가 지나가도록 하는 게 나을 것이다.

한편으로는 골목길 교통이 재미있을 수도 있다. 예를 들면 나의 아파트 근처에는 미국의 교외에 있는 일반 가정집의 응접실만한 크기의 교차로가 있다. 게다가 이 지역은 종종 주차된 차량들 때문에 비좁아진다.

어느 날 밤 사무실에서 집으로 오는 길에 그 조그만 교차

로 우측에 있는 레미콘트럭을 보았다. 그 운전사는 분명히 길을 잘못 들어 차를 돌리려 하고 있었다. 그는 해냈다! 솜씨 좋게도 그 운전자는 그 쇳덩이 자동차를 돌려 음료수 빨대만한 폭 사이에서도 긁히지 않고 차 사이를 빠져나가 언덕을 올라갔다. 마치 코끼리가 공중전화박스 안에서 피루엣*을 추는 것 같았다.

기회가 생긴다면 골목 탐험을 해보라. 정말 재미있을 것이다. 게다가 완전히 공짜니까!

---

* 피루엣: 한쪽 발끝으로 도는 발레의 한 동작

서울의 모든 것, 종각에 다 있다

서울은 인사동이나 이태원처럼 각각의 고유한 특징과 매력을 가지고 있는 동네들로 이루어져 있다.

그런 여러 지역 중 내가 가장 좋아하는 곳은 종각이다. 종각에는 각양각색의 가게와 학원들, 식당과 구멍가게, 제과점, 서점 등이 축구장만한 크기의 지역에 빽빽하게 자리 잡고 있다.

한국의 고유의상인 한복에서 심지어 햄버거까지 당신이 찾는 것이라면 무엇이든지 아마 이곳 종각에 다 있을 것이다. 만약 당신이 이 도시가 어떤지에 대해 알고 싶다면 종각 전철역 주변을 걸어 다녀보라. 멋진 서울구경이 될 것이다.

점심시간에 이 근처를 거닐면 당신은 다음과 같은 것들을 보게 될 것이다.

춤추는 엘비스 프레슬리를 그린 거대한 초상화,

작고 귀여운 애완견을 안고 가는 아가씨,

계란판을 높다랗게 쌓아 싣고 가는 오토바이 배달부,

당구의 묘기를 밖에서도 볼 수 있도록 한 비디오 스크린,

횟집 물탱크에서 싸우고 있는 문어 두 마리

그러나 충고 한마디 하겠다. 점심시간에 종각은 굉장히 복잡하다. 서울사람들은 인도에서 종종 부딪히고 밀치기까지 한다. 그러므로 단순히 구경만을 원한다면 번잡한 점심시간대를 피해 오전이나 오후 시간을 이용하라고 권하고 싶다.

그리고 당신이 잠시 쉬면서 휴식 취하기를 원한다면 종각 주변에 셀 수 없이 많이 늘어서 있는 커피숍에 들어가면 된다. 도심 한복판에 있는 조용한 휴식처가 될 것이다.

맛있는 호두과자

겨울이 되면 호두 모양의 뜨겁게 구운 과자를 파는 작은 가판대들을 거리에서 찾아보자. 지하철역 입구 쪽에 설치된 가판대에서는 계단 아래로 달콤한 냄새를 사정없이 날려 보낸다.

저렴한 가격에 한 봉지 가득 담아주는 그 작은 과자들은 뉴욕 거리에서 파는 핫도그처럼 서울 특유의 먹거리이다.

한 번 계산을 해보도록 하자. 호두과자 하나의 부피가 1입방인치고, 남한 인구의 절반이 1년에 한 봉지씩 구입한다면, (지나치지 않은 가정이다) 그리고 봉지 하나에는 약 10개의 호두과자가 들어갈 테니까…. 여하튼, 5층 높이의 건물을 채울 만큼 많은 양이다!

와아!, 그리고 그 장사의 방대한 규모! 군것질거리 값 정도지만, 어떤 도시들의 1년 예산은 한국의 호두과자 소비량보다 적다!

따라서 한국의 호두과자는 두 가지 교훈을 준다. 첫째, 작은 것은 더해져서 큰 것이 된다. 둘째, 아무리 단순한 것이라도

수요와 공급이 있다면 돈이 모인다. 자, 이에 대해서 좀 더 생각해보시길. 그리고 생각하는 틈틈이 호두과자 한 봉지도 먹어주자. 갑자기 기발한 사업 아이디어가 떠오르진 않더라도, 추운 날 커피와 함께 먹는 호두과자는 최고일 테니까!

정말 멋진 한국의 커피숍

추운 날 서울. 시내에서 이리저리 돌아다니다 보면 뭔가 따뜻한 것을 마시며 푹신한 의자에 앉아 잠시 휴식을 취하고 싶어진다. 문제없다. 서울의 가장 위대한 명물 중의 하나는 (드럼, 효과음 부탁해요!! 드르르르) … 바로 커피숍이다!

이건 미국식의 커피숍이 아니다. 미국의 커피숍은 차고 딱딱한 의자와 카운터에 비닐 커버로 덮어놓은 김빠진 음산한 파이 조각이 놓여있기 십상이다.

그러나 서울은 다르다. 커피숍의 개념부터 다르다. 그리고 훨씬 멋지다.

서울의 커피숍은 호화스런 호텔 로비처럼 보일지도 모른다. 소파는 폴 버니언*같이 큰 사람이 앉아도 충분할 정도로 크고 부드럽다.

인테리어는 환하고 밝다. 문으로 들어서기만 해도 기분이 한결 나아진다. 그리고 커피는 환상적이다. 아마도 다양

* 폴 버니언(Paul Bunyan): 미국 민속 문학에 나오는 거인

한 차림표에서 커피를 고르는 작업이 유일하게 힘든 순간일 것이다.

어디를 가든 커피숍은 가까이에 있다. 종이비행기를 날린다면 커피숍에 떨어질 가능성이 다분하다. 그리고 그 커피숍의 커피와 분위기가 환상적일 확률도 높다.

이런 행복한 경험을 위해 들이는 돈은? 얼마 안 된다.

서울의 풍부하고 만족스런 커피 한잔은 약 3천 원 정도, 시사 잡지보다도 저렴하다. 게다가 우울한 뉴스대신에 편안한 공간에서 맛있는 음료를 마실 수 있는 것이다.

어쩌면 커피숍에서 조만간 당신을 만날지도 모르겠다. 나는 안경을 끼고 희끗희끗한 턱수염을 기른 외국인으로 한 구석에 앉아 있을 것이다.

내가 좋아하는 김씨

서울에서는 많은 친구를 사귈 수 있다. 그리고 그 친구들 중 많은 이들이 김씨일 것이다.

한국에서 김씨 성을 가진 사람들 빼면, 남을 사람이 거의 없을 것이다. 누가 그렇게 말했는지는 잊어버렸다. 아마 존 스타인벡인가?

이건 농담이다. 하지만 지나친 과장은 아니다. 한국의 김씨는, 말하자면 웨일즈 지방의 '존스'와 같다.

그리고 마치 웨일즈 사람들이 전통적으로 개개인의 존스라는 이름을 가진 사람을 언급할 때 '여차 저차 한 존스'라고 하는 것처럼, 김씨를 가지고 그렇게 하는 경우가 있다. 몇몇 김씨들을 만나보자.

문제 해결사 김씨. 그는 현실적인 조언을 해주는 사람으로 한국에 서투른 외국인들에게 좋은 친구이다. 심각한 문제가 생기면 나는 그를 찾는다!

사교적인 김씨. 친절하고 외향적이며 밀튼 벌*을 닮았다. 심지어 씩 웃는 것까지도.

설명을 잘 해주는 김씨. 거의 모든 것에 대해 간략하고 조리 있게 설명해준다. 그는 외교관이 되었어야 했다.

박식한 김씨. 놀라울 정도로 박식한 사람으로, 이런 부류의 김씨는 식당부터 부동산까지 모든 것을 알고 있다. 머릿속에 마치 의회도서관이라도 가지고 다니는 것 같다.

야구팬 김씨. 작고 명랑한 젊은 여성인 김씨는 몸무게가 야구공보다 조금 더 나갈 것 같다. 무슨 일이 생기든 그녀는 항상 웃는다. 세상에 그녀 같은 사람이 좀 더 많다면 얼마나 좋을까!

컴퓨터 전문가 김씨. 그녀가 없다면 나는 어찌할 바를 모를 것이다. 내 컴퓨터에 무슨 이상이 생기면 처리해준다. (남자에게 있어야 할 수리적이고 기계적인 능력이 나에겐 없었는데 알고 보니 그녀가 그걸 대신 가져간 것이다!)

김씨들은 모두 굉장한 사람이다. 난 이들 모두를 좋아한다. 김씨들보다 더 좋은 성격(Kim-istry)을 가진 사람은 없다!

---

* 밀튼 벌(Milton Berle): 1950년대 활약했던 미국의 코미디언. 특유의 미소로 유명하다.

멋진 택시들!

요란하게 당신 곁을 지나치는 것은 제트 요격기가 아니다. 서울의 택시다 – 정말 독특한 하나의 현상이다. (어떻게 구분할 수 있을까? 제트 요격기는 날개가 있다. 하지만, 서울의 택시는 날개 없이도 날아다닌다!)

정말로 서울의 택시는 시내를 돌아다니는 데 아주 좋은 교통수단이다. 요금도 저렴하다. 택시기사는 서울의 모든 길을 알고 있으며 관광객을 매우 인내심 있게 대접한다. 특히, 나 같이 우스꽝스런 발음에 회색 턱수염이 있는 외국인에게 말이다!

한국에서 택시를 타는 것은 아주 멋진 문화적 경험이 될 수도 있다. 불어로 '하바 나길라' 노래가 나오는 걸 들으며 한 번쯤은 한국 택시 안에 앉아 있게 될 지도 모른다. (사실은 인천에서 실제로 나에게 일어난 일이다.)

서울의 택시는 깨끗하다. 흰 장갑을 낀 기사도 있다. 다른 나라에 갔을 때 바닥에 음료수 캔과 과자봉지가 뒹구는 택시를 탔을 때를 떠올리면 정말 상쾌한 일이다.

서울 시내를, 예를 들어 종각에서 강남까지, 택시를 타고 가는 것은 시내를 구경하는 좋은 방법이다. 길을 따라 흥미로운 상점과 화랑, 기타 볼거리 등 지하철을 타면 놓치게 될 많은 것들을 보게 된다.

게다가 택시기사는 서울에 대한 즐거운 추억 하나를 만들어줄지도 모른다. 어느 날 밤 사직동으로 오는 차안에서, 클래식음악 애호가인 택시기사가 갑자기 "모차르트 좋아하세요?"라고 물어왔다.

세계 그 어느 도시에서도 택시기사가 내게 그런 질문을 한 적은 없었다.

강남 만화경

서울 중심가의 관광명소에 대해선 많이 듣게 된다. 그러나 한강 남쪽에도 재미있는 세상이 있다! 다리만 건너면 바로 강남이다. 강남은 크고 활기찬 곳으로 누구나 즐길 수 있는 곳이다.

강남은 서울의 새로운 지역이다. 강남에 있는 대부분의 것들은 20년이 채 안 되었다. 그래서 젊고, 활기 넘치고, 옥외시장부터 안경점까지 당신에게 필요할지도 모르는 모든 것들로 가득 차 있다. 내 아파트는 강남에 있다. 정말로 다채로운 (그리고 때로는 기분 좋게 신비한) 곳이다. 헬스클럽 쪽으로 가다보면 'koffie engebak'이라고 쓰여 있는 커피숍을 지나게 된다. 'koffie'라는 부분은 그 의미가 분명해 보인다. 하지만 'engebak'이라니? 사전에도 그런 말은 없다.

강남거리를 거닐어 보시라. 정말 멋지다. 길거리에 세워 둔 정말로 거대한 두꺼비 조각상부터 예술품 파는 상점에 있는 폴리스티렌 재질의 로마 귀족 흉상까지 온갖 것을 볼 수 있다. (시저황제가 죽어 플라스틱으로 되살아나다!) 강남에서는 다음에 무슨 일과 맞닥뜨릴지 모른다. 강남은 시드니 셸던 옆에 셰익스피어가 있고, 요리책 옆에 자동차 매뉴얼이 있는 뒤죽박죽된 서점 같다.

식당으로 말하자면 강남은 대단한 곳이다. 한정식부터 서양식의 닭튀김까지 모든 것이 다 있다. 훌륭한 제과점 역시 많다. 그중 한 제과점은 당신이 꿈꾸는 통밀빵을 팔고 있을 것이다.

그러니 강남에 가보자. 옛날의 엄숙함이나 궁궐의 아름다움은 없을지 몰라도, 잊지 못할 곳이 될 것이다. 'engebak'이 무슨 뜻인지 알아내려고 애쓰고 있는 당신을 여기서 보게 될지도 모른다!

지혜로운 한국의 상류층

서울의 좋은 점 하나는 부를 매우 지혜롭게 다룬다는 것이다. 서울에는 극도로 부유한 사람들이 있다. 이삼년 전에 그 부류의 사람을 만났다. 엄청난 부의 소유자인데도 그는 여타 샐러리맨과 다름없어 보였다. 길에서 그를 지나친다면, 그에게서 어떤 특별한 것도 느끼지 못할 것이다. 이것이 서울의 상류층이 부를 다루는 방법이다. 이곳의 사람들은 부를 과시하지 않는다. 미국과 다른 점으로, 정말 유쾌한 사실이다. 미국 부자들은 모두 그들 얼굴 앞에 돈을 펄럭인다.

다음 내용은 믿을 수도 있고 안 믿을 수도 있다. 그러나 내 책상에 놓여진 AP통신 보고서에 따르면 다음은 요즘 미국의 부유층이 지불하는 다양한 물건의 가격이다. 도금한 수도꼭지 1만 달러, 핸드백 4천2백 달러, 거위 털 베개 2천3백 달러, 경첩 1천 달러. 여기서 돈 단위가 한국의 '원'이 아니라는 점을 기억하시라. 원이 아니라 '달러'인 것이다. 원이라면 위의 가격들은 적절할 것이다. 하지만 달러라면…. 수도꼭지에 1만 달러를 쓰는 나라라면 뭔가가 잘못되어도 크게 잘못되었다.

만일 일상용품에 그런 가격표가 붙어 있다면 상대적으로 사치품의 가격은 어떠할지 상상할 수 있을 것이다.

미국의 이러한 사치를 서울과 대조해보자. 서울에는 단순하며 비싸지 않은 즐거움들이 여전히 많이 있다. 등산을 한다든가, 강을 따라 자전거를 탄다든가, 아늑한 식당에서 갈비를 먹는다든가….

이곳에서는 옷차림을 보고 그 사람의 재산을 추측할 수 없다. 저기 다소 남루해 보이는 옷을 입은 사람이 1년에 1백만 달러를 벌수도 있다.

서울의 부유층은 자신의 부를 포장해놓는데 소질이 있는 것 같다. 말하자면, 다이아몬드나 1백 달러짜리 지폐로 50달러짜리 시가에 불을 붙여 당신의 눈을 부시게 하는 대신에 말이다. 뉴욕에서는 리무진이 타이타닉호만큼이나 긴데 반해 서울의 리무진은 일반 승용차보다 30cm 정도 더 길뿐이다.

미국의 도시는 그들이 말하듯이 부촌 아니면 빈촌으로 양극화되고 있다. 하지만 서울은 여전히 중산층을 위한 여지가 많은데 나에게는 다행스럽다. 나는 중산층에 속하고 나의 즐거움은 그런 데서 기인하기 때문이다!

여관에서 행복한 외국인

매일 밤, 일을 마친 후 나는 여관으로 귀가한다. '여관'은 한국의 전통적인 숙박시설이다. 여관은 믿기 어려울 정도로 근사한 곳이다! 함께 여관 안을 구경해보자.

숙박료는 적절하다. 하룻밤에 미화로 약 30달러인데 욕실이 딸린 조용하고 아늑한 방에 청소 및 세탁서비스까지 받을 수 있다.

여관에는 보통 에어컨이 있어 여름에는 냉방이 가능하고, 아래층에는 밤늦게까지 문을 여는 가게가 있기 마련이다. 또 약국에서부터 과일가게까지 필요한 모든 것은 잠시만 걸어가면 찾을 수 있다. 여관을 운영하는 가족은 정말 대단하다. 그들은 영어를 거의 못하고, 나의 한국어 실력도 형편없다. 그러나 그들은 그런 것에 신경 쓰는 것 같지 않다. 약간의 단어와 얼굴표정으로 충분히 의사소통을 할 수 있다.

게다가 여관에는 서양에서 발견할 수 없는 기분 좋은 것들이 있다. 우선 로비에 들어서면 관상용 잉어로 가득한 거대한 어항을 보게 된다. 정말로 휴식을 느낄 수 있는 편안한 볼

거리이다.

투숙하는 방으로 들어가면 한국식 매트리스인 멋지고 푹신한 '요'가 기다리고 있다. 나는 요를 펴고 이내 깊은 잠에 든다.

더욱 좋은 것은 여관에서는 다음과 같은 것들에 신경을 쓰지 않아도 된다는 점이다.

홍보성 우편물! 그런 우편물로부터 도망칠 수 있게 되면 비로소 그런 우편물이 얼마나 해를 끼치는지를 알게 될 것이다.

전화 음성 메시지! 여관에는 자동응답기가 없다. 앞으로도 없길 바란다. 비즈니스는 사무실에 두고 오시라!

자동차 경적소리! 미국에서처럼 창밖으로 5분이 멀다 하고 귀가 찢어질 듯한 기계음을 안 들어도 된다. 여관에서는 밤에 정말로 잠을 잘 수 있다. 딱 들어맞지 않는가!

서양식 숙소를 선호한다면, 문제없다. 한국에는 그런 종류의 빼어난 호텔도 있다. 그러나 여관 생활은 나에게 잘 맞는다. 이러한 이유로 해서 한국 손님들 사이에 수염을 기른 행복한 외국인이 복도 끝 방에 머물고 있다!

요, 좋지요!

가구가 사람의 행동에 영향을 미친다는 것을 알고 계셨는지? 미국 가정은 오락센터를 중심으로 지어지고, 러시아 가정은 식탁에 중점이 주어진다. 그리고 한국에서는 소위 '요 효과'란 것과 조우하게 될 것이다.

여관이나 한국 전통의 숙박시설에서 지내보면, 아마 당신을 기다리고 있는 요를 볼 수 있을 것이다. '요'란 일본의 푸톤같은 얇은 매트리스인데 추운 밤에는 두꺼운 이불을 함께 사용한다.

그냥 요를 펴서 바닥에 깔고 쉬면 된다. 가볍고 적절한 쿠션을 가진 요는 내가 사용해본 침구 중 가장 편안하다.

일단 요에 누우면, 다시 일어나기가 어렵다는 걸 깨닫게 될 것이다. 요에서 일어날 수가 없는 것이 아니라 일어나고 싶지 않을 것이다.

아침 7시에 두뇌는 몸에게 "일어나서 하루를 시작하라"고 말하지만, 사지는 "입 닥쳐! 우리는 여기가 좋아!"라고 외친다. 이것이 바로 '요 효과'이다.

공간 활용에 있어서도 요만한 것이 없다. 사용하지 않을 때는 서류가방만한 크기로 접어 구석에 둘 수 있다.

한국의 베개 역시 대단한데 서양의 베개는 비닐로 만든 재료로 속을 채워 거대한 마시멜로 같은 느낌을 준다. 머리를 지탱해주지만 그게 전부이다.

하지만 한국에 있는 베개의 대부분은 곡물 껍데기로 속을 채웠다. 그래서 베개를 베고 쉴 때면 부드럽고, 마치 나무사이로 바람이 지나가듯 살랑살랑 소리가 난다. 한국의 베개는 휴식의 소리까지 전해준다!

그러니 요는 정말 대단한 잠자리가 아닐 수 없다! 한국에 머무르는 동안 한 번 자보라. 그리고 철제 구조로 테두리를 한 바지선같은 서양식 침대보다 요가 얼마나 더 좋은지 알아보시라!

소주 세레나데!

학자들은 한국 사회가 유교나 불교, 무속신앙에 뿌리를 두고 있다고 말할 것이다. 사실, 한국 사회는 소주라는 바다에 떠 있다. 어디에서나 구할 수 있는 한국의 보드카인 소주는 맛을 음미하기 위해 만들어진 술이 아니다. 한 잔 한 잔 꿀꺽 꿀꺽 들이키기 위해 만들어진 술이다.

일단 소주가 들어가면 노래가 시작된다. 한국인은 노래하기를 좋아하는데 소주까지 마시면 평범한 박 씨도 파바로티처럼 노래를 부른다. 보통은 식당이나 바, 클럽에서만 노래를 부른다. 하지만 때때로 노래 부르기는 길거리로까지 흘러나오게 되는데 여기 한 예가 있다.

어느 날 밤 내가 사는 아파트 앞에서 술을 마신 한 남자가 강남 세레나데를 시작하였다. 목소리는 나쁘지 않았지만, 시간이 늦었고 사람들은 잠을 자려하고 있었다.

엎친 데 덮친 격으로 그 신사의 노래는 이웃집 개를 짖게 하였다. 하지만 그 신사는 너무 취해 그런 것은 신경 쓰지도 않았다. 미국 같았으면 누군가가 창문에서 고개를 내밀고 소리

를 질렀을지도 모른다. 하지만 한국의 이웃은 훨씬 신중하다. 위층에서 누군가의 발걸음소리가 들렸는데 전화로 가는 소리인 듯했다. 잠시 후 경찰차의 불빛이 나타났다.

노래는 그치고, 경찰차는 떠났다. 개 역시 짖는 것을 멈추었고 다시 평화가 강남의 작은 동네에 돌아왔다. 그 노래하던 신사는 아마 경찰서에서 잠자는 신세가 되었을 것 같다.

아마 한국에 있는 동안 소주 세레나데를 몇 번 더 들을지도 모른다. 하지만 워싱턴 DC나 볼티모어에서 한밤중에 들리는 총성에 비하면 그것은 별것 아니다.

언제라도 서울의 소주 세레나데를 들려주기를!

명랑한 진돗개, 찰리!

한국의 고유한 종견이라면 진돗개를 꼽을 수 있다. 중간 크기에 특색 있는 크고 둥근 머리와 돌돌 말린 꼬리로 유명한, 강인한 이 개는 주인에 대한 놀라운 헌신으로도 잘 알려져 있다. 주인과 헤어진 진돗개는 주인을 찾아 수백 킬로미터나 되는 거리를 되돌아온다고 한다. 어쨌든 전해지는 이야기상으로는 그렇다.

사실 진돗개는 그다지 매력적인 품종은 아니다. 정해진 것처럼 주인을 잘 따르고 사랑하지만, 그를 제외한 다른 사람들은 쳐다보지도 않는다. 성질이 사납고 독립적이어서 감시견의 역할은 잘 해내지만 인간과의 우호라는 측면에 있어서는 큰 점수를 따지 못한다. 적어도 나라면 진돗개를 애완견으로 선택하지 않겠다!

그렇지만 언제나 예외는 있는 법. 진짜 이름을 몰라서 내가 그냥 찰리라고 부르는 개가 한 마리 있다. 찰리는 정말 예외적으로 온순한 성질의 진돗개인데, 우리 사무실 근처 주차장에서 살고 있다. 찰리는 오토바이 틈에서 고개를 내밀고 지나가는 사람들을 하나하나 상냥하게 바라보는데, 그건 마치 세상이 별 문제없이 잘 돌아가고 있구나 하고 확인하는 것처럼 느껴진다!

그런 찰리가 기를 쓰고 뭔가를 막아내는 장면을 상상하는 것은 참으로 힘든 일이라서, 아무래도 그를 감시견으로 볼 수 없을 것 같다. 만약 찰리가 말을 할 수 있다면 이렇게 말하지 않을까 싶다. "내가 무슨 자격으로 당신한테 이래라저래라 하겠어요?"

찰리가 어떻게 그런 명랑한 성격을 갖게 되었는지는 알 수 없다. 골든 리트리버 혈통의 흔적이라고는 찾아볼 수도 없는데 말이다. 어떻든 간에, 찰리의 쾌활한 성품이 어느 날 밤에 증명됐다. 주차장 문이 닫혔는데 찰리는 그 어디에도 없었다. 그렇지만 그의 빈자리를 채우기 위해 누군가 싱긋 웃고 있는 커다란 봉제 인형을 남겨두었다.

진짜 찰리가 없다면 그렇게라도 하는 수밖에!

2

이것을 서울시장님은 알고계실까?

한국의 최고 10가지

한번은 내가 가르치는 학원에서 학생들에게 한국의 좋은 점 10가지를 말해보라고 물었다. 답변 중 가장 많았던 것이 "술을 접하기가 쉽다"였다.

이제는 고향이라고까지 말할 수 있는 아시아의 이 나라에 대해 내가 좋아하는 점 10가지를 들어보시라.

1. **안전한 거리** : 미국의 정글같이 복잡한 도시에서 살아본 나로서는 비교적 안전한 한국에 감사를 느낀다. 밤에 나는 꽤 많은 돈을 가지고 돌아다녀도 별로 강도를 만날까봐 불안하지 않다. 워싱턴 DC에서 그리 해보라!
2. **김치** : 한국의 국가적인 음식으로, 절여서 맵게 양념한 배추이다. 후천적으로 습득한 맛이긴 하지만 칼로리가 높은 미국의 음식보다 건강에 더 좋다.
3. **서점** : 해변에서 읽을 수 있는 가벼운 책부터 아리스토파네스까지 뭐든지 다 구할 수 있다. 정말 놀라운 일이다!
4. **라디오** : 다음 곡이 뭐가 나올지 전혀 알 수 없다. 바흐, 빙크로스비, 아니면 핑크 플로이드.

5. **간판** : 감을 잡을 수 없는 이상한 간판들, 예를 들면, '거북이 보석', '섬광 제과', '딱정벌레 맥주' 기타 등등. 그런 게 끝이 없다.

6. **기차** : 서울-부산 간 새마을호 열차는 미국의 메트로라이너*만큼 좋은데 가격은 반도 안 된다.

7. **와플** : 1,000원 즉, 1달러 정도면 크고 바삭바삭하며 버터와 꿀이 흐르는 정말 꿈의 와플을 먹을 수 있다.

8. **커피숍** : 한국의 커피숍은 미국식당의 차가운 플라스틱 카운터와는 대조를 이룬다. 한국에서는 안락한 의자, 근사한 음악, 다양한 메뉴를 즐길 수 있다.

9. **만두** : 한국의 또 다른 전통 음식으로 고기 또는 김치를 채워 넣고 찐 음식이다. 만두는 마치 거대한 라비올리**처럼 싼값에 배불리 먹을 수 있는 음식이다.

10. 열 번 째는 여러분의 선택에 달려 있습니다. 무엇이 가장 좋죠?

---

* 메트로라이너(Metroliner) : 워싱턴 DC와 뉴욕 사이의 특급열차

** 라비올리(ravioli) : 이탈리아식 파스타 요리 중 하나로 속이 고기나 치즈 등으로 채워져 있다.

서울은 귀엽다? 서울은 호랑이다

서울을 표현하는 데에는 수많은 형용사를 붙일 수 있다. 이를테면 활기차고, 역동적이고, 거대하고, 생산적이고, 화려하고, 아름답고, 역사적이고, 위엄 있고, 쾌활하다는 등과 같은 것이다.

그렇지만 서울을 '귀엽다'라고 말할 수는 없을 것이다. 그리고 난 그 점을 확신한다.

지난 10여 년 동안 귀여움의 유행, 정말 참기 힘들 정도의 귀여움이 전 세계를 휩쓸었다.

끈적거리며 달라붙는 만화와 인형, 어린 아이를 닮은 동물 장난감(섬뜩한 목소리로 노래까지 부른다). 이런 것을 보면 비디오게임 상의 폭력과 피범벅 화면과 '귀여운 공화국'의 위선적인 순진함과 매력 중 과연 어떤 것이 더 나쁜 것인가 하는 의문이 들곤 한다.

글쎄, 앞에서 말한 것과 같은 귀여움의 유행이 한국에는 큰 영향을 미치지 못했다고 말할 수 있어서 참 기쁘다. 서울의 곳곳에 무표정한 얼굴의 고양이들이 진열되어 있기는 하지만,

뭐 나는 고양이를 좋아하니까, 적어도 작은 동물이라면 참을 만하지, 하고 넘겨버리면 그만이지만….

다른 문화권과 도시들은 얼마든지 귀여움으로 치장해도 좋다. 그렇지만 서울? 서울은 절대 안 된다!

서울은 멍한 고양이나 새, 또는 강아지가 아닌 포효하는 호랑이와 같은 곳이다. 그리고 나 역시 서울이 그런 식으로 변하는 것을 원치 않는 것이다! 어~~~~흥!

서울의 애칭을 찾아주세요

세계의 대도시들은 대개 애칭을 가지고 있다. 뉴욕은 '큰 사과(Big Apple)', 시카고는 '바람 도시(Windy City)', 보스턴은 '우주의 중심'을 이르는 '허브(the Hub)', 도쿄는 '귤(Tangerine)'이라 불린다. 자카르타는 그 유명한 아시아의 과일, 냄새는 고약하나 맛은 훌륭한 '두리안'으로 불린다고 어떤 여행책자는 소개한다.

그러면 서울은 뭘까?

지난해 서울의 한 영어학원에서 학생들을 가르칠 때 나는 학생들에게 서울도 애칭이 있느냐고 물었다. 학생들은 없다고 말했다. 분명 서울은 사랑스럽고 친숙한 애칭이 없다.

이제 한국의 수도 서울도 애칭을 가져야 할 때가 된 것 같다. 여기 몇 가지 내가 생각한 애칭을 제시해본다.

- **왕만두** : 온갖 재료로 속이 채워진 거대하고 뜨거운 만두, 이미지가 적절하지 않은가요?
- **아줌마** : 영어로 'Auntie'. 이 단어는 가게나 식당을 운영하

는, 열심히 일하는 중년의 여성을 가리키는 말이기도 하다. 아줌마들이야말로 서울을 움직이는 사람들이다. 그러니 아줌마란 이름을 따면 안 되란 법 있겠는가.

- **배** : 크고 달고 아름답다.
- **호랑이 도시** : 호돌이(88 서울올림픽 마스코트)는 아마 서울의 마스코트 역할을 수행할 수 있는 다른 많은 친척 호랑이가 있을 것이다.
- **까치** : 대담하고 목소리가 크고…, 그리고 이미 사랑 받는 한국의 상징이지 않은가.
- **크레인** : 하지만 먼저 어느 크레인으로 할 것인지를 결정해야 할 것 같다. 깃털 달린 학으로 할 것인지 아니면 건설현장의 크레인으로 할 것인지.

한국에서 호랑이가 사라진 이유

어느 나라나 우화와 좋아하는 동물 캐릭터가 있다. 프랑스는 수탉을, 캐나다는 프랑스화된 이리같이 생긴 루프가로우(Loup-garou), 미국은 스모키 더 베어(Smokey the Bear)부터 포고 포섬(Pogo Possum)에 이르기까지 다양한 동물 캐릭터가 있다.

故(고) 월트 켈리(Walt Kelly)에 의해 창조된 만화캐릭터, 포고는 1950년대에는 오늘날 한국의 둘리만큼이나 유명했다. 포고는 사실 대통령 후보로도 출마했으나 아이젠하워(Dwight D. Eisenhower)에게 패했다. 그럼에도 4년마다 "포고를 대통령으로"라는 캠페인은 다시 시작된다.

그러나 내가 가장 좋아하는 동물은 호랑이를 포함한 고양이이다. 그런데 호랑이 이야기에 한국보다 더 좋은 나라가 있겠는가? 한국에서는 어디를 보나 호랑이의 상징이 있다. (몇 해 전 한국에 오자마자 내가 처음으로 본 것들 중 하나는 달에 대고 포효하는 호랑이의 그림이었다.) 서점도 호랑이에 관한 얘기로 가득하다. 감을 보고 기겁한 호랑이, 나이 든 부인의 충실한 애완용이 된 호랑이 등등 이야기는 끝이 없는 듯하다.

호랑이는 한국어에도 그 흔적을 남겼다. 옛날이야기를 시작할 때면 서양에서는 이렇게 시작한다. "Once upon a time…(옛날 옛적에…)" 하지만 한국에서는 "호랑이 담배 피던 시절에…"로 시작한다.

글쎄… 그 당시 호랑이가 담배를 피웠다면? 담배가 버지니아에서 한국으로 어떻게 건너왔을까? 만일 그랬다면, 오늘날 왜 호랑이가 한국에 거의 없는지도 쉽게 알 수 있다. 하루 세 가치의 담배는 아무리 크고 강한 호랑이라도 쉽게 무덤으로 보냈을 테니까!

서울의 고마운 사람들

거대한 도시를 돌아가게 하는 데는 많은 사람이 필요하다. 서울을 살기 좋은 그리고 방문하고 싶은 곳으로 만들기 위해 노력하는 몇몇 사람들에게 인사를 하자.

1. **버스기사** : 힘든 직업이 뭔지에 대해 말하고 싶다면 버스 기사를 생각해보라! 서울의 복잡한 교통체증 속에서 어떻게 하루를 보낼 것인지 생각해본다면?
2. **경찰** : 내가 이제까지 만난 한국의 경찰은 예의바르고 인내심이 많으며, 직업의식이 투철했다. 경찰이 있다는 사실에 위안을 얻는다!
3. **택시기사** : 이분들은 나의 더듬거리는 한국어에도 놀라우리만큼 인내심이 강하다.
4. **아줌마** : 가게나 식당에서 일하는 중년 여성들을 칭하는 집합명사이다. 아줌마 만세 삼창! 아줌마의 통치가 영원하기를!
5. **우편배달부** : 어떻게 그 모든 우편물을 매일같이 보내주는 지…. 그것도 2개 국어 이상으로 쓰인 주소로! 놀라

운 일이다.

6. **요리사** : 비빔밥이 저절로 식탁에 오르는 것은 아니란 것을 알고 있겠지.

7. **종업원** : 평균적인 식당 종업원이 일 년에 나르는 김치가 몇 톤이나 될지 생각해보라.

8. **관광객 정보 도우미** : 서울에 뭐가 있는지를, 어떻게 찾아낼 것인지를 알려 줄, 풍부한 지식을 가진, 똑똑한 이 사람들에게 경의를! 이들이 없다면 우리는 어디에 있게 될 것인가? (길을 잃어버리겠지.)

9. **여행 가이드** : 이 직업은 유례없는 유머감각과 인내가 필요하다. 따라서 그걸 갖춘 유례없는 사람이 필요하다.

그리고 마지막으로

10. **스태프** : 열심히 일하는 보이지 않는 일꾼들. 쓰레기통을 비우고, 침대보를 갈고, 화장실을 청소하고, 커피를 끓이는. 이들이 있어 휴가나 출장이 가능하다.

이들에게 모두 박수!

스티커를 한국의 상징물로!

거의 이틀에 한 번 꼴로 아침에 내가 아파트 문을 열 때마다 뭔가가 슬쩍 끼어 있다가 떨어진다.

바로 스티커다. 치킨이니 갈비니 하는 것들을 다루는 음식점의 광고 스티커들이다. 찡긋 웃고 있는 돼지 얼굴과 같은 만화 그림에다 접시에 담긴 고기의 선명한 사진이 곁들어져 있다.

이런 스티커를 쓰레기통에 던져 넣으면서 얼마나 많은 나무들이 소비되었을까 하고 나는 생각해본다.

그리고 다음으로 떠오르는 생각은 이것이다. 광고 스티커가 한국의 진정한 상징이 아닐까?

다른 나라들의 상징을 한번 생각해보자. 캐나다는 단풍나무 잎, 일본은 벚꽃, 미국은 연기 나는 총이다. 그렇다면 한국도 광고 스티커를 하나의 상징으로 사용하면 어떨까?

스티커는 한 나라의 상징으로서의 자격요건을 갖추고 있다. 어디에나 있다. 눈에 쉽게 띈다. 그리고 광고내용이 갈비집이나 비빔밥 식당과 같이 뚜렷하게 한국적이다.

또한, 스티커는 나름대로 씩씩한 예술작품이다. 광고 스티커에 들어간 춤추는 황소 그림은 누구나 웃게 만든다. 나라를 상징하는 것으로 평범한 나무, 뱀, 혹은 썩은 물고기나 먹는 새들이 이걸 따라올 수 있을까?

자, 한국을 상징하는 것으로 국가적인 광고 스티커가 어떨까? 호쾌한 호랑이 문양도 괜찮겠다. 적어도, 나는 내 차에 하나 붙이고 다닐 테다.

포돌이 순찰대!

서울을 돌아다니자면 경찰 복장을 한 만화 캐릭터가 눈에 띈다. 하나는 남성, 다른 하나는 여성이다. 남성 경찰관은 '포돌이'이고, 여성 경찰관의 이름은 아직 들어본 적이 없다. 이들은 복잡하고 기이한 한강 원더랜드를 관할하는 서울특별시의 경찰을 상징한다.

내가 만나본 몇몇 서울 경찰관들은 모두 좋았다. 인내심도 많고 정중하며 동시에 프로다웠던 그들 중 몇몇은 그야말로 쾌활한 경찰관이었다. 언젠가 한 인천 경찰관이 외국인 거주 신분증을 확인하기 위해 날 세웠을 때, 그는 유머를 던지며 편하게 대해줬다. "야, 정말 사진 잘 나왔군요!"

서울의 경찰관들은 외국인을 상대하는 데 익숙해진 것 같다. 언젠가 회색 수염을 한 서양인인 내가 택시 운전사와 행선지 문제로 의사소통이 되지 않아서 경찰서까지 갔을 때, 그들은 정말 특별한 친절함을 보여주었다. (내 한국어 회화 실력은 말하는 앵무새와 같은 수준이다.)

난 '선릉'에 가자고 말한 것이었는데, 운전사는 '서울역'으로 알아들었다. 당시 근무 중이던 경찰관은 순식간에 이 문제를 해결해주었다.

물론 서울의 경찰관들이 공공장소에 부착된 경찰 홍보 스티커에서 보듯 커다란 눈을 가진 귀여운 사람들은 아니다. 그것과는 거리가 먼, 이들은 정말 경찰의 일을 하고 있는 것이다. 그렇기 때문에 한밤중에도 거리가 안전할 수 있다고, 적어도, 내 고향 근교의 콜롬비아와 볼티모어보다 훨씬 안전할 수 있다고 생각한다. 또한 서울의 경찰관들은 현명하게도 자기 구역을 철저히 관할하는 전통 규율을 지켜나가고 있다. 커피숍에서 도넛이나 씹어대고 있는 경찰관은 찾아보기 힘들다. 이들은 모두 거리로 나가 항상 순찰중이다. 이를 보고 있노라면, 법과 질서를 몸으로 보여주는 경찰관이 바로 내 주변에 있다는 것이 참 좋은 일이라는 생각이 자꾸만 든다.

포돌이가 순찰중인 것을 감사해야 한다! 푸른 제복의 늠름한 이들은 매일 우리들의 생명을 안전하게 지켜준다. 게다가, 한국을 문화국가로 이룩한 데에도 이들이 큰 역할을 해냈다. 우리 모두가 알고 있는 지구상의 어떤 나라와는 다르게 말이다!

잃기 쉬운 서울 길, 어떻게 할까?

어느 날 밤, 나는 서울 시내에서 길을 잃었다. 그러나 나는 조금도 두렵지 않았다. 왜냐하면 이런 일들이 내게는 하도 자주 일어나기 때문이다. 내 방향감각은 한심하다. 공중전화 박스 속에서도 길을 잃을 정도니 말이다.

게다가 서울은 길을 잃기 쉽게 되어있다. 혹시 서울이 워싱턴 DC나 뉴욕처럼 거리와 대로가 번지별로 번호가 붙어 바둑판처럼 산뜻하게 나누어져 있기를 기대한다면 – 꿈 깨시라! 몇몇 대로를 빼고는 서울은 마치 담쟁이덩굴처럼 자란 도시이다.

그 결과 자전거나 겨우 지나다닐 수 있는 셀 수 없이 많은 작은 길과 골목이 꼬불꼬불 얽혀있다. 그래서 만약 길을 잘못 들어 서울타워 같은 길잡이가 보이지 않게 되면 그건 길을 잃은 것이다. 그러나 초조해 하지 말 것! 그냥 걸어가라. 머지않아 지하철역이며, 공원, 궁궐 등에 이르게 될 것이다. 그러면 있는 곳이 어딘지도 금방 알게 될 것이다.

얼마 전 저녁 무렵 안국역 근처에서 길을 잃었을 때, 나는 지하철역이 곧 나오리라는 확신 하에 그냥 어슬렁어슬렁 걸었다. 물론 지하철역이 곧 나타났다.

길을 따라가며 상가들을 들여다보는 것은 재미있었다. 어떤 가게는 한국의 전통의상인 아름다운 한복으로 가득 차 있었다. 작은 식당에는 만두, 김밥 같은 음식들이 예쁜 정물화의 문양처럼 진열되어 있었다. (왜 한국 음식들은 미국음식보다 훨씬 더 좋아 보일까?)

그러나 가장 좋았던 것은 바로 이점이다. 세계에서 제일 큰 도시 중에 하나인 도시의 밤길을, 혼자 꽤 많은 돈을 가지고 걷고 있어도, 강도를 당할 염려가 없다.

이제 서울에서 길을 잃더라도 긴장하지 말고 이를 즐기시기를. 서울에서 길을 잃는다는 것은 사실 멋진 시간을 보낼 방법인 것이다.

내가 살아온 최고의 서울!

의심할 여지없이, 서울은 이제껏 내가 살아온 도시 중 최고다. 이 점에 동의하거나 하지 않거나 하는 건 여러분의 자유다. 물론 다른 도시들도 나름대로의 매력을 가지고 있다. 샌프란시스코는 주변 정경이 참 아름답고, 로마는 고풍스런 매력으로 가득 차 있으며, 도쿄에서는 후지산을 바로 옆에서 생생하게 바라볼 수 있다, 뭐 이런 식이다.

그렇지만 안전성과 아름다움, 그리고 특별한 매력 등을 따져보자면 서울을 따라올 도시가 없다. 가로수가 늘어선 거리를 마음대로 걸어도 강간이나 강도 등의 범죄가 발생할 가능성은 미미하다. 그리고 여러 가게들을 들여다보면 꼭 다른 세상에 와 있는 듯한 느낌이다. 약사들은 구식 목재 진열장을 가지고 장사한다. 어떤 상점 안에는 자애로운 세종대왕의 초상화가 걸려있다. 무심코 거리의 코너를 돌아서면 바로 그곳에서 셰익스피어가 태어난 저 옛날에 지어졌다는 궁전이 나타날지도 모른다.

당연히 한국에는 다른 구경거리도 많다. 내가 가르치던 학생들은 지상낙원이라도 되는 듯 '아름다운 섬 제주'에 열광하곤 했다. 몇 년 전 사업차 제주도로 가게 된 나는 아주 멋진 광경을 기대했었다.

그리고 역시 제주도는 아름다웠다. 처음에는 말이다. 호텔로 향하는 버스는 신록이 우거진 시골길을 지나갔고, 그 도중에 한국에서는 보기 힘들 거라 생각했던 커다란 세인트 버나드견까지 지나쳐갔다. 그렇지만 자전거 타기나 승마에 미치지 않은 이상, 사화산 구경과 추운 바닷바람 속에서 떨기를 제외하고 제주도에서 할 수 있는 일이란 별로 없다. (제주도 사람들은 친절하고 우호적이지만, 섬 자체는 노스캐롤라이나의 외부 둑과 같아서 바다와 모래를 보고 나면, 별로 볼 게 없다.)

시골 풍경을 좋아하는 사람에게는 제주도도 괜찮을 것 같다. 그렇지만 나에게는 강남에서의 생활이 더 매력적이다!

한국에서 가져가게 될 가장 가치 있는 것

스피드 퀴즈! 서울에 갈 때 가져가야 할 가장 중요한 것은?

여행자 수표? 안내책자? 편안한 신발?

그렇다. 물론 이런 것들도 다 중요하다. 하지만 가장 중요한 것은 어느 정도 분량의 명함이다. 도대체 누구를 어떻게 만나게 될지 알 수 없으니까!

이곳처럼 우연스런 만남이 이루어지는 곳은 세상에 없을 것이다. 서울에 온 외국인은 음식점에서 메뉴번역을 도와주겠다고 제안하는 한국 CEO를 만나게 될 수도 있다. 그렇다면, 아마도 당신은 그와 인사를 나눌 명함이 있었으면 할 것이다!

그 같은 일이 실제로 나에게 일어났었다. 캐나다에서 온 채식주의자 친구가 세종문화회관 근처에 있는 식당으로 저녁을 먹으려고 날 데리고 갔다. 그 친구는 고기가 들어간 음식을 피하려 했지만 메뉴 상으로는 그 여부를 알 수가 없었다.

그때 옆 테이블에 앉아 있던 잘 차려 입은 신사 한 분이 우리를 도와주었다. 그는 친절하게도 메뉴에서 적당한 음식을 골라주었다. 알고 보니 그 신사는 한국에서 가장 중요한 회사 중 한 곳의 중역이었다.

우리는 명함을 나누었고 그 후로도 계속 연락을 하며 지낸다. 예상치 않았던 식당에서의 만남이 결국엔 한국기업의 고위직에 있는 친구를 갖게 해준 것이다.

한국은 이런 식이다. 당신 옆에 푸른색 양복을 입고 앉아 있는 사람이 알고 나면 무진장 좋은 사람일 수 있다!

만나게 되는 사람이 모두 무엇을 좌지우지하는 중요한 사람은 아닐 것이다. 하지만, 적어도 좋은 친구를 새롭게 사귈 수 있게 될 것이다.

그래서 명함을 지니고 다니시라는 것이다. 그리고 받은 명함은 잘 보관해두시라. 한국에서 가져가게 될 가장 가치 있는 것이 그 명함일 수도 있으니까!

3

서울의 신기한 지하도시

지하 도시로의 초대

서울에 오면 한 곳에서 두 도시를 보게 된다.

지상에는 기품 있는 첨단 도시가 있고 지하에는 시끌벅적하고 흥정소리로 가득한 또 다른 도시가 있다.

셀 수 없이 많은 지하 쇼핑몰에 가려면 그냥 계단만 내려가면 된다. 그러면 갑자기 마치《이상한 나라의 앨리스》의 앨리스처럼 원하는 모든 것이 가득 쌓인 크고 작은 가게들로 들어찬 놀라운 세계를 발견하게 된다.

서울에서 내가 좋아하는 지하 상점 중의 하나는 시청 근처의 중고서점이다. 그 서점에는 고전 미스터리물에서 코미디 잡지인《매드》의 오래된 과월호에 이르기까지 모든 것을 구할 수 있다. 놀랍지 않은가! 또 하나의 기막힌 가게는 내 사무실 근처에 있는 음반가게이다. 출입구 옆 선반에는 엄청난 클래식 CD가 쌓여있다. 모차르트가 필요하면 적절한 가격에 구할 수 있다.

배가 고프다고요? 간단하게 먹을 수 있는 음식에서 품위 있게 먹을 수 있는 음식까지, 서양음식이든 한국음식이든 그 선택의 폭이 넓으며, 식당에서 먹을 수도 있고 포장해서 가지고 갈 수도 있다. 일본음식을 좋아하시는지? 문제없다. 내가 맞게 기억하고 있다면 영국식 주점도 있다. 제과점도 잊지 말라! 서울의 지하세계에는 제과점으로 가득 차 있는데 이들은 모두 훌륭하다. 나는 경복궁 근처에 있는 한 제과점을 자주 찾는데 그곳에 가면 정말 맛있는 오트밀 건포도 빵이 있다.

도로를 따라 건설된 서울의 지하상가에는 동서양에서 온 물건들로 가득 찬 거대한 상점들이 수 마일씩 이어진다. 이곳에는 아스피린에서 지퍼, 양복에서 음료수, 그리고 머리핀에서 한복까지 안 파는 게 없다. 서울의 지하세계에는 또 하나의 특색이 있다. 아트갤러리가 그것이다! 이곳에서는 한국의 전통그림을 아주 저렴하게 살 수 있다. 한국인은 수채화와 수묵화에 뛰어난 예술가들이므로 서울의 지하 쇼핑몰에서는 좋은 오리지널 한국예술품에 투자할 기회도 갖게 된다.

따라서 서울에 있는 동안 도로 밑에 자리한 또 하나의 도시를 꼭 둘러보기 바란다. 서울의 지하 세계는 여행의 하이라이트가 될지도 모르니까!

서울 지하철 심포니

서울을 처음으로 방문하신 거라면? 꼭 지하철을 타보라.

그렇다. 지하철 말이다! 서울의 지하철은 이 도시의 가장 매력적인 것 중의 하나이다. 깨끗하고, 안전하다. 기차는 시간을 잘 지켜 운행되며, 벽에 마구 갈겨쓴 낙서도 보이지 않는다.

캔 사이다 하나 값으로 시내 전체를 다닐 수 있고, 서울의 악명 높은 출퇴근 시간 교통체증도 피할 수 있다.

쇼핑은 서울 지하철의 또 다른 매력이다. 서울의 지하철은 여러 거대한 지하 쇼핑센터와 연결되어 있다.

그래서 지하철 2호선을 타고 가다가 커피를 안 마시면 죽겠다던가 초콜릿 크루아상이 무척 먹고 싶다면, 지하철에서 몇 걸음 나오면 지하철 통행로에서 아마 멋진 커피숍을 찾을 수 있을 것이다.

혹은 윈도우 쇼핑을 즐긴다면, 이 지하철 통행로에 길게 늘어선 상점에서 윈도우 쇼핑을 즐길 기회가 수도 없이 많다. 시내의 한 지하 쇼핑센터는 지하철을 따라 약 2킬로미터나 길게 늘어서 있다!

그러나 나에게 서울 지하철이 주는 가장 흥미로운 것은 음악이다. 다음에 무슨 음악을 듣게 될지 전혀 모른다. 빙 크로스비의 음악에서, 바흐, 구노의 〈아베마리아〉, 그리고 1960년대의 서핑 송에 이르기까지.

지하철을 타고 가다 보면, 음악 때문에 잠시 편안한 향수를 느끼게 될지도 모른다. 최근에 그런 일이 나에게 일어났다.

수서행 지하철을 기다리는 동안, 〈패셔네이션〉이 지하철역 방송을 통해 흘러나왔다. 잠시 동안 나는 어린 시절로 돌아가 1960년대 대격동기 전의 소박했던 미국을 떠올렸다.

지하철을 타 보라, 그리고 귀를 열어 보라.

서울의 지하철 심포니는 이미 잊었다고 생각했던 행복한 기억을 다시 일깨워 줄지도 모른다!

지하철 3호선을 타고

시내 중심부 아래 지하세계,
상큼한 오렌지 노선을 따라 지하철이 달려간다!
아침부터 저녁까지 서울의 곳곳을 누비면서
동쪽으로는 기운 생동하는 장충단 공원까지 감싸 안는다.
동국대학교, 신당동을 차례로 지나 약수에서 잠시 정차했다가
동호로와 안국역도 빼먹지 말고 지나가자.
을지로를 거쳐, 충무로를 거쳐
종각 옆의 종로3가를 향해서 다시 출발.
창덕궁, 경복궁, 다른 궁들을 스쳐 가니
옛 왕들의 구역을 지나가는 것이구나.
주춧돌에 앉아 있는 해태의 지역 광화문을 지나치면
길고 긴 이 오렌지 노선에 또 다른 구경거리가 있을까!
지하철은 북쪽으로, 구파발로 향하고
웅장한 콘서트홀이 위치한 문화센터를 지나서
저 유명한 민속박물관과 효자로를 뒤로 하고

내자동길이나 그 옆의 사직로 역시 들려봐야지.
활기찬 안국동과 다른 명소들이 아직 남아있지만
그러나 자리가 모자랄 것 같으니 계속 할 수 없겠네.
이토록 바쁘게 지하를 누비는 지하철, 그 반짝이는 유리창들!
자, 오렌지 노선의 어떤 역에서 내릴 것인가?

지하철 4호선의 오그댄 내시

〈동물의 사육제〉에 관한 시로 유명했던 미국 시인 고(故) 오그댄 내시는 내가 아는 한 한국을 방문한 적이 없었다. 그렇지만 만약 그가 오늘날의 서울 지하철을 탔다면 이런 시를 지었을지도 모른다.

서울의 곳곳을 누비는 지하철 4호선
길고 복잡한 노선을 따라서 가네
양 종착역들 사이의
수많은 역을 지나네.
반짝이는 수족관으로
아름답게 장식된 역들
에스컬레이터와 엘리베이터가 얽힌
환승역들을 지나
명동에서 잠깐 정차하면
수많은 부띠끄
사당과 숙명여자대학교를 지나

성신 여자 유-띠끄(U-tiques)
커피숍과 PC방이 가득 차
학생들로 북적이는
대학로를 거쳐간다
혜화역을 떠날 때쯤
문득 떠오르는 생각
서울은 하루아침에
이루어지지 않았다는 것.

4

호랑이의 노래

세종로 찬가!

도로 중의 도로, 거리 중의 거리
모든 이들이 모이는 서울의 심장부
역동적인 중추, 광대한 지역 –
서울의 중심지, 여기는 세종로랍니다!

시청에서부터 광화문에 이르기까지
소박한 찻집과 웅장한 기념탑들
갖가지 색깔들로 넘쳐나는
서울의 중심지, 여기는 세종로랍니다!

한번 멈춰서 궁궐을 보세요
이순신 장군 동상을 따라 걸어보기도 하고요
제과점에 들려 맛있는 빵도 하나 먹고
이 모든 것이 이루어지는 곳, 여기는 세종로랍니다!

서점과 이발소와 노점상,

문화센터와 수많은 것들이 한데 얽혀서
질주하는 택시들, 바쁜 걸음을 옮기는 사람들
서울의 중심지, 여기는 세종로랍니다!

들어보세요, 해태의 한마디

경복궁 근처 길을
이른 아침에 거닐다 보면
해태가 말하는 법을 배우면
어떤 말을 할까 궁금해진다
송곳니를 드러내고 불을 뿜어대는 이 짐승은
돌계단 위에 당당히 앉아
낮고 울리는 음성으로
우리에게 교훈을 전하는 듯하다
"서울에 자동차가 너무 많지 않은가!
소달구지를 다시 가져오게!
펑크니 힙합이니 하는 것들 –
그런 쓰레기를 '예술'이라고 하는가?
그래도 궁궐은
예전 모습대로 지켜줬지만
조각상들은 이 뿌연 공기를
어떻게 견딜 수 있겠나?"

끝없이 계속되는
현 시대를 한탄하는 목소리
해태가 말을 할 수 없어 다행이다
시를 짓지 못하는 건 더더욱 다행이다!

PC 방의 워즈워드!

이메일 한 통 보낼까 하던
어느 여름 날
사무실까지 가자니
너무 먼 길이네
이럴 땐 PC 방을 찾아가서
인터넷을 이용해볼까
그곳에서 내가 본 것은
서울 청소년들의 생활상
게임 속에서 아이들은
갖가지 모양과 크기의 야수들을 죽이고,
깜빡이지도 않고 크게 뜬눈에
폭력이 비친다.
그 누구도 움직이지도,
신나지도, 초조해하지도 않는구나
앉아서 굳은 채로
재빨리 손가락만 놀려댈 뿐

*이제 그들은 움직이지 않는다
마우스를 굴리는 손 말고는.
PC 방에 틀어박힌 채
하루하루 땅덩이의 궤도를 돌고 있을 뿐.

---

* 워즈워드 시의 패러디

A slumber did my spirit seal;
I had no human fears;
She seem? a thing that could not feel
The touch of earthly years.

No motion has she now, no force;
She neither hears nor sees;
Roll? round in earth? diurnal course
With rocks, and stones, and trees.

서울 오징어의 인생

D는 말린 오징어, 한국의 간식거리
오징어는 절대 사람을 공격하지 않는다고 하지
비닐에 쌓인 채 바싹 말려져
주정뱅이의 입에서 잘강잘강 씹혀버리네
해안가 그물 위에서 잘 건조된 뒤
구멍가게 귀퉁이에서 팔려나가고
지붕에 박힌 못처럼 딱딱해진 채
도시락 통 안에서 들썩거리지
그 어떤 야단법석에도 신경 쓰지 않고
어떤 곳이라도 몸을 던지네
하얗게 몸을 빛내며 무리를 지어 놀다가
환한 전구를 줄에 드리운 배가
맹렬히 몸을 드러내면
오징어는 그제야 다급해지지
양동이를 찼다가, 엎치락뒤치락 하다가
열 개의 다리 모두 활짝 펴보지만

곧 한 마리 한 마리 그물에 걸려
한낮의 태양 아래 빳빳해지네
말린 오징어는 연과 같아서
넓고 얇은 것이 딱딱하고 가볍기도 하구나
그렇지만 하늘로 솟아오르는 대신
다른 물건들과 함께 이리저리 옮겨 다니다가
결국 뻔한 이야기처럼
술자리 모임에서 찢겨져 나가겠지.

서울의 다리

서울의 강이라면 한강, 그 둑 위에 서면
국회의사당과 높게 솟은 63빌딩이 보이고
손에 닿을 듯한 17개의 다리가
천호와 김포를 양 끝으로 하여 한 눈에 들어오네.
물결 위로 뻗어있는 이 다리들은 강하게 쭉 뻗어 진실해 보이지
행주, 성산 그리고 양화에서 잠실과 성수에 이르기까지.
강남과 번잡한 이태원을 단번에 이어주고
서울을 구성하는 사람과 물건들이 움직일 수 있게 해주네!
동호대교를 지난 물결은 한남과 옥수를 스치고
드디어 원효대교에 다다르면 두 줄기로 갈라지지.
여의도의 양쪽 둑을 지나 장엄하고 거침없이 흘렀다가
바다로 향하는 길목 서강에서 다시 한줄기로 모이네!
그 언젠가 명성을 떨쳤던 옛 수도처럼
한강은 변함없이 한 곳에 머물지 않고 흐르네!
강변 둑 위에 앉아 그 광경을 바라보며 곰곰이 생각해보

자면

이해할 수 없을 만큼 역설적인 이야기!

한국에서는 고양이가 모자라네

닥터 서스(Dr. Seuss)에게 미안하게도! 그의 유명한 시
모자 속의 고양이는, 한국에서는 좀 웃기다.
왜냐하면 한국에서는 고양이가 모자니까!
고양이가 모자, 고양이가 모자,
한국에서는 고양이가 모자라네!

빳빳하고 짧은 털모자, 턱 밑에 꼭 묶인 채
한국 양반들의 머리 꼭대기에 올라가 앉아있지
아침에 해가 뜨면 볼 수 있을 거야
모자 속에 모자가 들어갈 수 없으니까
왜냐하면 한국에서는 고양이가 모자니까!
고양이가 모자, 고양이가 모자,
한국에서는 고양이가 모자라네!

닥터 서스한테 따지지는 말자고, 분명히 그는
고양이가 고양이일 수 없다는 사실을 몰랐을 거야

역사 속 머리 위에 딱 붙은 채 앉아있던 고양이는
그 옛 시절에 그들이 썼던 바로 그것이었지
한국에서는 고양이가 모자라네!

고양이가 모자, 고양이가 모자,
한국에서는 고양이가 모자라네!

어디서나 어울리는 한복

한복은 한국의 의상
한복은 전통과 같지
한복은 역사적인 옷
어디서라도 한복, 한복!

한복은 절대 유행에 뒤쳐지지 않고
한복은 화려하고 어디서나 아름답지
한복은 단순하고 깨끗하고 밝은 느낌의 옷
아침, 점심, 저녁 어느 때라도 한복!

한복은 특별한 날을 위해
수없이 많은 방법을 통해 만들어지고
한복은 과거에 즐겨 입던 옷이지만
현대의 옷가게에도 걸려있지!
옛날의 한복, 오늘날의 한복
녹색, 흰색, 푸른색의 한복

여기도 한복, 저기도 한복

어디서라도 한복, 한복!

진돗개, 진돗개, 진돗개를 노래하자

제주도에는 바닷바람이 불고
화산과 돼지들도 있는데
그 바로 옆을 바라보니
개들의 섬이 놓여있구나!

진돗개, 진돗개, 진돗개를 노래하자!
신이 나서 까불거리면 좀 어떠랴!
우레와 같은 소리로
한국의 자랑스런 개를 위하여!

뾰족하고 촉촉한 콧등이
짭조름한 바닷바람을 들이마시고
복실거리며 동그랗게 말린 꼬리가
마음껏 흔들리네!

진돗개, 진돗개, 진돗개

누구에게라도 권할 만큼 멋진 개!
언제나 변함없이
진돗개, 진돗개, 진돗개를 노래하자!

저 강인한 진돗개를 보라
놀랄 만큼 왕성한 체력을!
용감하고 독립적인 성격을 가진
털 많고 강인한 사냥개를!

진돗개, 진돗개, 진돗개!
모든 여행담이
이 끝맺음을 노래하게 하라 -
한국 혈통의 이 개를!

할머니, 할머니

할머니, 할머니, 80세가 넘어서
할머니, 할머니, 전쟁도 경험하셨죠.
그렇게도 주름지고 작은 몸집을 하시고는
핸드폰 세상에서 허둥대고 계시네요!
할머니, 할머니, 백발이 되어서
혼자서 밭일을 다 하셨죠.
얼마나 많은 손자가 있으신가요?
할머니, 할머니, 그 아이들의 이름은 다 알고 있나요?
비디오게임 말고 다른 얘기도 하던가요?
1972년도에 상상이나 하셨을까요?
이런 세상이 당신을 기다리고 있다는 것을.
할머니, 할머니, 점점 뒤쳐지시고는
할머니, 할머니, 과거에 묻혀만 가시네요.
이곳에 던져진 기분이 어떠세요?
바로 이 21세기 세상에 말이에요.

숨은 동물 찾기

뱀은 수풀 속에
늑대는 문 앞에
박쥐는 종탑 안에,
괴물은 습지 안에 숨어 있다.
그렇지만 한국의 동물들은 어디에 숨어있는지
종잡을 수가 없다.
다음의 한국말은
어떤 동물을 나타내고 있을까?
(1) 은 아침꾼인가?
(2) 처럼 약삭빠른 이는?
(3) 처럼 부지런한 이는?
시계 위를 달려가는 게, (4)이죠?
(5) 보다 용감하거나
(6) 만큼 잡기 힘들거나
(7) 같은 수다쟁이는?
누가 (8) 처럼 꽥꽥 소리 지를 수 있지?

제발 누가 날 좀 이 말장난 속에서 구해 줘!
모래 속에 머리를 박은 (9) 처럼 무력하다고!

1. 두꺼비
2. 여우
3. 비버
4. 생쥐
5. 사자
6. 뱀장어
7. 까치
8. 새끼 돼지
9. 타조

서울의 노래 ABC

A는 아줌마, 힘세고 뻔뻔해

B는 비빔밥, 노래를 만들자

C는 시청, 웅장하고 옛스럽지

D는 대화, 정발산 다음 역

E는 이화여자대학교, 한국 제일의 여자대학

F는 생선튀김

G는 강남, 너무 막혀!

H는 한복, 어디서나 볼 수 있지

I는 이천, 도자기 산지

J는 종각, 밤마다 살아난다

K는 광화문, 오랜 서울의 문

L은 배움터, 서울대학교

M은 목동, 오목교 옆

N은 남대문시장, 시끌벅적, 후끈후끈!

O는 옥수, 한강이 흐른다

P는 백석, 역 간격이 너무 넓어!

Q는 질문들, 독립문이 어디죠?, 노점상 – 한낮의 볼거리

R은 식당의 밥그릇,

S는 쇼핑객, 유명 라벨을 찾는다

T는 동대문, 거대한 이정표

U는 을지로, 복잡의 극치

V는 이순신 장군의 승리,

W … 는 … 음 … 왕십리가 되어야만 하겠고

X는 용산의 멋들어진 상점들,

Y는 모란시장 바로 옆에 있는 야탑,

Z는 동물들이 뛰어 노는 동물원,

자, 이것으로 서울의 ABC 노래 완성!

5

미라클 원더풀 서울

즐거운 새벽

어느 도시나 하루 중 가장 좋은 시간이 있다. 모든 것이 가장 아름다운 그런 시간. 여기 서울의 가장 좋은 시간은 해뜨기 전. 그것도 쌀쌀한 가을날 해뜨기 전, 태양의 첫 서광에 분홍색으로 빛나는 성긴 새털구름이 하늘 높이 떠 있는 그 시간이다.

길가에 있는 커피자동판매기에서 커피 한 잔을 뽑고 지금 내가 살고 있는 역삼동 근처를 걸어 보라.

온 주위가 위대한 도시의 깨어나는 소리로 가득할 것이다. 가까이에서 뭔가가 〈미뉴에트 왈츠〉를 연주하기 시작할 것이다. 아마도 배달 트럭일 텐데 후진할 때 주변에 있는 사람들에게 주의를 주는 소리다. (때로는 후진하는 차가 잊지 못할 광경을 연출하기도 한다. 나는 덩치가 매우 큰 군인 두 명이 조그만 승용차 안에 꽉 낀 채 겨우 앉아 있는 것을 보았던 기억이 나는데 그 차에서는 비정하게도 〈홈 스위트 홈〉 노래가 흐르고 있었다.)

노점상들은 이른 아침부터 좌판을 벌여놓는데 신문에서 붕어빵에 이르기까지 안 파는 게 없다. 그런데 그 붕어빵을 한 번 먹어보라. 붕어빵은 하루를 시작하는 맛있고 저렴한 음식이다.

아이들은 이미 등교 길에 올라있는데 한국의 학생들은 세상에서 가장 오랫동안 학교에서 시간을 보낸다. 그리고 '아줌마'는 쇠고기에서 딸기에 이르기까지 가게를 진열하며 벌써 몇 시간째 일을 하고 있다.

배달부는 오토바이를 타고 길거리를 따라 신문을 돌리는데 이 신문은 현관문 앞 바닥에 사뿐히 떨어진다. 어디선가 초인종이 〈아메리칸 패트롤〉을 흘려보낸다. 날이 밝아오면서 주변의 높은 빌딩은 검은 담비의 실루엣에서 분홍빛 울타리처럼 변한다.

동 틀 무렵 서울은 정말 아름다운 한편의 쇼, 그것도 공짜 쇼다. 서울에 있는 동안 꼭 즐겨보길!

이순신 장군님, 차 조심하세요!

동상이 살아나지 않는다는 것은 잘 알고 있다. 하지만 상상 속에서는 무엇이든지 가능하니 상상 속에서 이순신 장군과 만난 이야기를 하는 것도 내 자유다.

이순신 장군을 못보고 지나칠 수는 없다. 그의 동상은 문화관광부 근처 대로에 거대하게 서 있으니 말이다. 어느 날 저녁, 일을 마치고 집으로 돌아가고 있는데 지하에서 천둥처럼 목소리가 울렸다. "거기, 너!" (잠시 침묵) "그래, 너! 긴 코에 회색 턱수염이 있는 너 말이야! 도대체 넌 어디서 온 놈이냐?"

나는 써먹은 지 30년이나 지난 공군 ROTC 경례가 장군에게 무슨 의미가 있을지 의아해 하며 "미국에서 왔습니다."라며 경례를 붙였다. "그런 나라도 있나?"라고 이순신 장군이 말했다." 미국은 먼 나라인데 매년 7월 4일 독립기념일만 되면 많은 사람들이 술에 취해 자동차 사고로 서로를 죽이는 그런 나라죠."라고 설명했다. "흥미롭군."이라고 말하며 장군은 동상 주춧돌에서 아래로 뛰어내렸다. 땅이 흔들렸다.

"그런데 너는 여기서 뭘 하는가?" 장군은 물었다.

"저는 텔레비전과 관계된 사업을 하고 있습니다."

"텔레… 비전이라니?"

"텔레비전은 공중으로 움직이는 그림을 보냅니다. 그리고 또 사람들로 하여금 있지도 않은 돈을 필요하지도 않은 것에 쓰도록 만들죠."

이순신 장군은 고개를 저었다. 그리고는 근처에 있는 한 남자를 가리켰다. "저놈은 뭔가?"라고 그는 고함을 쳤다.

"저…, 긴 보랏빛 머리에 귀걸이를 한 청년이군요."라고 대답했다.

장군이 칼자루를 잡기에 나는 그 청년의 머리가 당장이라도 땅에 나뒹굴지는 않을까 생각했다. 하지만 장군은 대신 한숨을 쉬더니 "아, 참아야지! 쓸만한 식당은 어디 있나?"라고 물었다. "길을 건너서 왼쪽으로 가십시오."라고 대답했고, "차 조심하십시오!"란 말도 잊지 않았다.

하지만 나의 주의는 쓸모없는 것이었다. 어떤 차가 감히 이순신 장군을 멈출 수 있게 할까? 장군이 길에 있는 차들을 걷어차자 쾅하는 소리, 금속의 날카로운 소리가 들렸고, 그의 거대한 풍채는 기세 좋게 거리를 건너 어둠 속으로 사라졌다.

아줌마에게 안부를!

누가 서울을 움직이는가?

경찰, 소방관, 의사, 청소부, 요리사, 전기기술공, 목수 등등 많은 사람들이 한강의 발전기가 돌아가도록 하기 위해 자신의 몫을 다하고 있다.

그러나 따지고 보면 서울은 한 여자 즉, 아줌마에 의존하고 있다. 그녀의 이름은 'ah-joom-mah'로 발음된다. 영어로 'Auntie'쯤 된다. 아줌마를 보아왔을 것이다. 아줌마는 가게를 꾸려나가는 억세고, 다부진 체격을 한 중년의 여성이다. 식당에선 아줌마가 그 많은 그릇을 식탁으로 나른다. 그들이 바닥을 쓸고 머리를 자른다. 그들은 신문부터 장난감 공룡에 이르기까지 안 파는 게 없다.

아줌마가 할 수 없는 것, 아니 아줌마가 하지 않는 것이 있을까? 컴퓨터 재주꾼들이 말하기 훨씬 전부터 아줌마들은 '멀티태스킹'을 수행해왔다.

아줌마는 놀라울 정도로 오래 일한다. 동트기 전에 아줌마는 나의 집 근처에 있는 재래시장에 과일 판매대를 설치한다.

그리고는 한밤중까지, 눈이 오나 찌는 듯한 무더위나 아랑곳하지 않고 아줌마는 김치부터 껌에 이르기까지 모든 것을 판다.

게다가, 아줌마는 150센티도 안 되는 키에 풋볼 선수 같은 남성적인 힘을 가지고 있다. 내게는 필히 허리를 손상시킬만한 짐도 번쩍번쩍 든다.

서울은 아줌마 없이 존재할 수 없을 것이다. 다른 사람들은 헤드라인을 장식할 만한 중요한 일을 하겠지만 아줌마는 서울이라는 큰 건물을 떠받치고 있는 말없는 조각상이다.

내가 가장 좋아하는 아줌마 이야기는 이것이다. 어느 날 길을 걷고 있는데, 누군가 뒤에서 나를 부르는 소리가 들렸다. 돌아보니 아줌마가 달려오고 있었다. 아줌마는 손에 1000원짜리 지폐 두 장을 들고 있었다. 전날 물건을 살 때 돈을 더 냈는데 아줌마는 그 돈을 돌려주려 했던 것이다. 워싱턴 DC나 뉴욕에서는 상상도 못할 일이다.

그러니, 아줌마에게 뭔가 좋은 일을 해주세요! 아줌마가 열심히 일 해준 덕택에 한국에서 안락하게 여행할 수 있으니까!

목욕탕 속 계란

나는 왜 서울에서 보는 사물 세 개 중 하나는 계란일까 하고 종종 의아해하곤 한다. 이건 절대 과장이 아니다. 내가 어디를 가든지 계란이 앞에 나타나는 것이다. 편의점에 들어서면 바구니에 가득 담긴 계란이 카운터 위에 놓여 있다. 목욕탕에 가면 작은 종이판에 담긴 계란들이 텔레비전 옆 테이블 위에 자리 잡고 있다. (목욕할 때 왜 계란이 필요한지는 확실치 않다. 때를 밀면서 계란을 먹는 사람을 본 적은 아직까지 없으니 말이다.)

거리로 나가보면 그야말로 계란 천국이다. 계란을 가득 실은 트럭이 거리를 달리고, 오토바이 운전자들은 층층이 쌓아 올린 계란판을 비틀거리며 상점으로, 식당으로 혹은 그 어디라도 운반하는 것이다. 이건 정말 놀랄만한 균형 예술이어서, 쇠톱으로 재주부리는 것이 상대적으로 쉬워 보일 정도다.

달걀 알레르기가 있는 나는 식당에 들어갈 때마다 달걀이 들어가지 않은 음식을 찾아 메뉴판을 샅샅이 뒤지곤 한다. 그렇지만 그런 음식을 발견하는 것이 쉽지 않다. 때로는 그냥 포기하고 삼치구이에 밥을 먹게 된다. 한국인들도 삼치구이 속에 달걀을 집어넣는 방법은 아직 개발해내지 못했다!

이 모든 것이 굉장히 놀라울 것이다. 알을 낳아 번식하던 공룡은 한 때 지구를 지배하다가 그야말로 하룻밤 사이에 멸종해버렸다. 혹시 공룡의 알을 전부 훔쳐서…?

아니지, 한국의 역사는 그 정도까지 거슬러 올라가지는 않는다!

콩글리쉬에서 맛보는 번지점프

한국에서 가장 재미난 것 중 하나가 콩글리쉬이다. 콩글리쉬란 영어와 한국어 사이의 잡종언어를 말하며 대체로 대부분의 한국 사람이 그렇게 쓰고 있다. 그러나 한국 사람들은 콩글리쉬에 대해 사과를 한다. 하지만, 나는 콩글리쉬가 멋지다고 생각한다. 다채로운 콩글리쉬가 있는데 누가 지루한 영국영어(Britglish)나 방부제 처리를 한 것 같은 미국영어(Ameringlish)를 쓰고 싶어 하겠는가?

영어가 한국 영공에 들어오는 순간 뭔가 기묘한 일이 생기는 것이다. 형용사들은 새로운 의미를 갖게 되고 직접 목적어는 떨어져 나가 사라지는 것이다. (아마 양말 한 짝이 가는 곳으로 가겠지.) 동사도 뭐랄까 여러 가지 의미를 갖게 된다.

따라서 이런 간판도 보게 될 것이다;

- **Beettle Beer** : 이 간판을 본 후 나는 벌레가 내 컴퓨터를 돌아다니며 "HAPPY NEW YEAR!"라고 빽 소리 지르는 모습을 상상했다.
- **Flash Baekery** : 과자 안에 마그네슘가루가 들어있나?

• **Alram Beel** : 이건 아랍의 오아시스가 아니라 'Alarm Bell'을 잘못 쓴 콩글리쉬였다.

티셔츠도 있는데 때때로 티셔츠에 쓰인 글귀가 숟가락으로 휘저어 놓은 것처럼 보인다. 예를 들어 "UFO. Meeting Next Particular Any Style or Color"는 'UFO'와 마찬가지로 아무런 뜻도 없다. 어떤 티셔츠에는 그냥 'Fiend'라고 쓰여 있다. 'Friend'를 잘못 쓴 것이기를 바란다.

그리고 어떤 재킷 등에는 "Just Take Care Of(그저 돌보시오)"라고 촉구하고 있다. 그게 전부이다. 무엇을 돌보라는 목적어가 없다. 알아서 해석하라는 충고! 기막힌 생각이군!

콩글리쉬 간판을 보면서, 아마도 학교 다닐 때 귀찮게 하던 진부한 문법과 철자에서 탈피하는 자유로움을 느낄지도 모르겠다. 이는 언어상으로 보면 정말 번지점프 같은 것이다.

규칙에서 벗어나 콩글리쉬로 말해보자! 동사를 가지고 배구를 하고, 대명사를 가지고 '폴로(polo)'를 해보시라! 분사는 아무데나 떨구어버리고!

반비례의 나라 한국

한국인은 자신들의 나라를 '조용한 아침의 나라'라고 부른다. 하지만 난 개인적으로 '반비례의 나라'라고 생각한다. 서양에서 큰 것이 여기서는 작아지고, 작은 것이 커지니 말이다.

예를 들어 자동차를 보자. 한국의 '리무진'은 미국 기준으로 보면 그저 세단이다. 한국의 '맨션'은 미국이나 캐나다에서는 교외에 있는 일반적인 집이다.

다른 한편에서 보면 서양에선 작은 것들이 한국에서는 거대해진다. 나의 사무실에서 멀지 않은 곳에 엄청나게 큰 황금 두꺼비 조각상이 있다. 만약 살아 있는 것이라면 헬리콥터라도 한 입에 꿀꺽 삼킬 수 있을 정도다.

또 거대한 볼링핀도 있다. 5미터 가량이나 되는 이 볼링핀은 한국의 지평선 위에 수십 개나 보인다. 이 핀은 볼링장이 있음을 알리는 것인데 마치 달로 가는 우주선이 진수되는 것처럼 보인다.

많은 것에 있어 한국 사람들은 작게 생각한다. 소형 조각물, 소형 상점, 극히 작은 자동차 등 이런 모든 것들은 확실히

한국적이다.

그러나 한국 사람들이 크게 생각할 때는 정말로 크게 생각한다. 이곳 사람들에게 중간크기란 없다. 배를 만들면 초대형 유조선을 만들고, 볼링핀을 만들면 우주왕복선의 탄두처럼 보인다.

혹 머물고 있는 호텔 창으로 폴 버니언이 칠 만큼 큰 볼링핀이 보이더라도, 걱정하지 마시라. 헛것을 보는 게 아니니. 당신은 그저 우연히 "저기 큰 볼링핀 있는 곳에서 오른쪽으로 가세요."라고 얘기하면서 방향을 가르쳐주는 유일한 나라에 와 있는 것이다.

가던 길 멈추고 물고기를 보라!

모든 대도시는 그 도시의 특성을 상징하는 동물을 갖고 있다. 로마에는 고양이가 있다. 모스크바에는 큰 까마귀가, 그리고 뉴욕에는 쥐와 푸들이 있다.

그리고 서울에는 물고기가 있다. 도시 전역에 걸쳐 연못이나 수족관에 엄청나게 많은 물고기가 있다.

고개를 돌리면 아름다운 물고기가 바로 눈앞에 보이는 일이 비일비재하다. 나의 사무실 근처에 있는 한 은행에는 야외에 연못이 있다. 날씨가 따뜻해지면 그 연못은 관상용 잉어로 가득 찬다. 잉어는 이 세상 것 같지 않은 은색과 금색에서부터 깊고 풍부한 청회색에 이르기까지 환상적인 색채를 자랑한다. 사람들은 멈추어 서서 이 멋진 잉어들을 바라본다. 사람들은 연못에 동전을 던져 넣기도 하는데 나는 이 잉어들이 비처럼 떨어지는 동전에 대해 어떻게 생각할지 궁금하다.

귀가 길에 나는 유리창에 수족관을 설치한 횟집들을 지나게 된다. 이 물고기들은 관상용이 아닌 식용으로 쓰이기 위해 그곳에 있지만 어쨌든 보기 좋다.

집 근처에 있는 한 횟집에는 길이가 1미터 남짓한 보기 좋은 상어 한 마리가 있었다. 어떻게 상어가 그 어항 안에 있는 다른 물고기를 잡아먹지 않을까? 정말 알 수가 없었다.

그런데 어느 날 그 상어가 사라지고 없었다. 누군가의 저녁 식사가 되었음에 틀림없었다. 나는 슬픔에 잠겼다. 마치 잘 알고 지내던 사람이 인사도 없이 떠나버린 것 같았다.

내가 아는 도시 중에서 서울은 아마 지하철에서도 물고기를 볼 수 있는 유일한 도시이다. 맞다. 지하철에도 물고기가 있는 도시. 지하철 광화문역과 을지로1가역에는 관상용 물고기로 꽉 찬 큰 수족관이 있다. 혼잡한 지하철에서 잠깐 걸음을 멈추고 물고기를 보는 순간은 평화롭다.

물고기들은 서로를 밀어 제치거나 떠밀지 않는다. 그들은 승강장으로 뛰어 내려가지도 않는다. 그들은 조용하며 서두르는 법이 없다.

그 물고기들이 우리에게 무언가를 말해주려 한다는 생각이 들지는 않는지?

서울의 재밌는 사람들

서울 시민 하면, 아마 전 시내가 파란색 정장의 샐러리맨과 산뜻하게 차려입은 직장여성들이 아침에는 직장으로 밤에는 집으로 가는 모습을 떠올릴지도 모르겠다. 그 이미지가 어느 정도는 맞다. 하지만 서울에는 나름대로 특색 있는 다양한 인간군이 있다. 여기 그 몇몇을 보자.

- **움직이는 간판 사나이** : 이 나이든 남자는 손으로 쓴 문구를 자기 옷에 핀으로 꼽고 지하철을 누빈다. 그는 승객들에게 강렬한 연설을 하는데, 승객들은 그 사람이 없는 듯이 계속해서 신문을 읽는다. 그럼 그는 맥이 빠져 버릴까? 전혀 아니다.
- **라이너스(Linus)** : 만일 옛날 TV 만화 캐릭터인 '용맹한 라이너스(Linus the Lionhearted)'를 떠올린다면 이 친구가 어떻게 생겼는지 알게 될 것이다. 그는 검은색 머리를 갈기처럼 길게 내리고서는 종각과 인사동 사이를 돌아다닌다. 그의 옷은 점잖게 표현하자면, 낡아 보인다. 그 사람이 말하는 것은 본 적이 없지만 혹시 그가 실제로는 2백

억 원을 집 이불 속에 숨겨놓지는 않았을까 의아해진다.

- **오(Oh) 씨** : Oh-blivious(Oblivious: 멍청한, 잊기 쉬운)를 줄인 것이다. 그는 내가 일하는 사무실 근처의 벤치에 벌렁 누워 하루를 보내곤 했다. 그리고 그의 옆에는 충실한 소주병이 있다. 그는 1988년 올림픽 이후 늘 취해있는 것 같다.
- **양말팔이 소녀** : 하루는 우리 사무실에 살짝 들어와 내게는 정말로 필요치 않은 싸구려 양말을 팔려고 했다. 사지 않겠다고 말하자 그녀의 아랫입술은 삐져나왔고, 금방이라도 눈물을 흘릴 것 같아 보였다. 그리고는 양말을 손에 쥔 채 사라졌다. 그녀가 서울사람들에게 미국인은 냉정하다고 얘기하고 다니지 않기를 바란다.

지금까지는 이게 전부이다. 아마도 언젠가는 공룡 아가씨, 오토바이 맨, 갑자기 포옹하는 사람들에 대해 얘기하게 될 것이다.

선인장 김치는 왜 없을까?

미국 남부 음식을 최고로 알던 노스캐롤라이나 출신인 우리 어머니가 살아 계셨더라면 아들을 보러 서울에 한 번 오기를 너무도 바라셨을 것이다. 그렇지만 어머니가 한국식 절임 야채 음식인 김치를 보고 어떤 반응을 하실지 눈앞에 보이는 것 같다.

"너, 그걸 먹는 거야!" 어머니는 이렇게 말하실 것이다.

그래요, 먹는 거예요. 김치는 맛있는데다가 영양가도 풍부하거든요. 그리고 한국에서 지내려면 김치를 피할 길이 없다고요. 한국에 와서 김치를 먹어보지 않는 것은 물을 묻히지 않고 스킨다이빙을 하려는 것과 같아요. 떼어놓고 생각할 수가 없어요.

김치 한 접시에는 음식으로의 가치, 예술, 그리고 관습 등 모든 것이 담겨있다. 그리고 한국은 김치가 풍부한 나라다. 배추, 오이 등 상상할 수 있는 것들을 전부 이용하는 김치는 아마도 수천 가지나 될 것 같다. 글쎄, '전부'라고 말할 수는 없을 것이다. 아직까지 선인장으로 만든 김치는 보지 못했으니

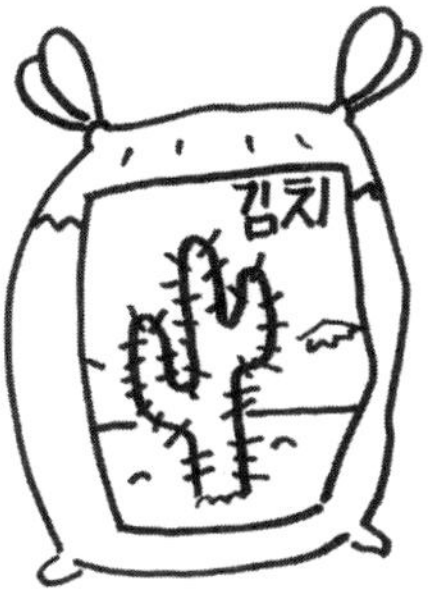

까 말이다. 그렇지만 생각건대, 서울의 누군가가 현재 선인장 김치를 개발 중일 것이다! 돌아가신 어머니도 아마 김치를 맛보셨다면 김치에 익숙하게 되셨을지 모를 일이다. 뭐, 여기는 남한(South Korea)이고…, 따라서 김치도 남부 음식(Southern cooking)이니까!

저녁 메뉴를 바라보며

서울 시내로 어슬렁거리며 나가보자
아마도 분명히
수산물을 구워 파는 음식점을
수없이 보게 되겠지.
그 앞을 지나노라면
물방울 맺힌 유리 탱크 안으로
조용하고 온순한
코끼리와 같은 회색의
우아한 문어들이 보이네!

갑자기 신이 난 놈들이
물을 튀기고 몸을 뒤집으며 놀고 있구나
이제 저녁식사 용으로 쌀과 국이 딸린 채
자신들이 나가게 된다는 것도 모르고.
헤엄치다가 잠깐씩 조는 문어들이
지나가던 나의 눈에 들어온다.

언제나 바르게 살았을 것만 같은
다리 많이 달린
식용 문어야!

이 소극적인 짐승도 최소한
한 마디 할 말은 있다.
물고기의 점심이든 사람의 점심이든
먹히긴 매 한가지.
그것이 바로 문어 네 생의 결말
언제나 부끄럽다는 듯 칸막이에 감금된 채
잘강잘강 씹혀도
반항조차 하지 않을
식용 문어야!

순금 상어

횟집의 탱크 안을 보라, 그러면 아마 상어를 보게 될지도 모른다. 영화 〈죠스〉에서와 같은 무시무시한 괴물이 아니라 30센티미터 정도의 점잖은 작은 녀석으로 보호색처럼 갈색의 얼룩덜룩한 반점이 있는 상어다.

놈은 바닥에서 뚱하게 쉬고 있다. 놈의 코는 마치 감기에 걸려 훌쩍거리는 것처럼 위 아래로 천천히 움직인다. 마치 바다의 윌리 로만*처럼 보인다. 하지만 과소평가 하지 마시길! 바로 순금 상어를 보고 있는 것이니!

내가 이 상어를 처음 봤을 때 나는 상어 한 마리로 저녁을 먹으려면 1만 원 정도 일거라고 생각했다. 그 작고 가느다란 몸에서 고기 몇 조각밖에는 안 나올 테니 말이다. 하지만 한 한국 친구가 "저 상어는 10만 원 정도 될 거야."라며 내 생각을 고쳐주었다.

물고기 한 마리에 80달러?! 내가 깜짝 놀란 것을 그 친구도

* 연극 〈세일즈맨의 죽음〉에 나오는 등장인물

알아차렸는지 그는 이 말도 안 되게 작은 상어야말로 진미라고 설명해주었다. "얇게 회를 쳐서 날로 먹는 거죠, 초밥 식으로요."라고 말했다. 그렇다면 한 점 한 점이 1천 원짜리 지폐랑 같은 꼴이 되는 것이군.

나는 나중에야 진짜 값어치 있는 것은 외관이 왜소하고 볼품없다는 것을 깨달았다. 그러면 꼬리에 고가의 가격표를 붙인 그 절망적인 작은 상어에게는 무슨 일이 일어나게 될 것인가? 아마도 누군가의 값비싼 저녁식사거리가 될 것이다.

대신 내 접시에 담길 것은 삼치이다. 구운 고등어랑 비슷한 삼치는 맛이 좋고, 5천 원 정도면 살 수 있다. 따라서 당신은 아마 구운 생선을 선택하려 할 것이다. 순금 상어는 돈 있는 사람들을 위해 남겨두고!

여덟 개의 다리가 주는 즐거움!

서울의 해산물 음식은 정말 맛있다. 이 점에 대해서는 의심의 여지가 없다. 하지만 이 음식은 흥밋거리도 될 수 있다. 음식점 탱크 안에 있는 낙지보다 더 매혹적인 것이 있을까.

서양인들은 대체로 낙지를 별로 좋게 생각하지 않는다. 낙지는 수영하는 사람, 배, 심지어는 도시 전체를 게걸스럽게 먹어 치우려고 기다리는 불길한 동물로 간주되고 있는 것이다. (고전 공포영화 〈It came from beneath the Sea〉에서 샌프란시스코를 파괴한 거대한 낙지를 기억하는지…)

하지만 서울에서는 그렇지 않다. 이곳에서는 사람이 낙지를 먹지, 낙지가 사람을 먹고 있지는 않다. 그런데 낙지를 먹는 것은 정원에 물주는 호스를 씹는 것 같다. 낙지는 먹는 것보다 보는 게 더 재미있다.

서울에서 낙지를 볼 수 있는 기회는 매우 많다. 해산물 음식점 앞에 있는 물탱크는 낙지로 가득하다. 낙지는 다른 어느 것보다 시각적으로 재미있다.

물고기는 그냥 헤엄을 치며 돌아다닌다. 오징어는 항해하는 만년필이나 다름없다. 하지만 낙지는 달려들고, 물도 튀기고, 잠수하고, 엉키며, 심지어 서로 두 개의 서커스 텐트처럼 맞서서 레슬링 경기를 하듯 싸우기까지 한다.

낙지에는 뭔가 고양이를 연상시키는 것이 있다. 길고 가느다란 팔은 고양이의 꼬리만큼이나 인상적이다. 그리고 잠잘 때 낙지는 고양이처럼 작고 단단한 공 모양으로 둥글게 몸을 감는다. 잠에서 깨어날 때도 낙지는 몸을 뻗는데 그 모양이 마치 고양이와 비슷하다.

한 번은 흥분하여 수족관의 바닥에 몸을 구부리고 있는 낙지를 보았는데, 그 팔이 빈틈없는 코일 모양으로 빙빙 감겨있어 마치 기계의 기어 같아 보였다. 그리고는 다리를 지지대 삼아 몸을 위로 끌어 당겨 쭉 뻗친다. 이 낙지가 안 좋은 꿈을 꾼 걸까? 필시 그랬을 것이다.

그러니 서울에 머무는 동안 해산물 식당 수족관 앞에 잠시 걸음을 멈추고 자세히 들여다보라. 낙지 애호가가 될지도, 낙지에 사로잡힐지도 모를 일이니. (내가 이걸 농담이라고 하다니!)

녹색도시

내가 서울을 좋아하는 이유 중 하나는 공원이 많이 있다는 점이다. 대도시치고는 녹지대가 많다. 공원이 근처에 있거나 아니면 적어도 그늘진 가로수길이라도 있다.

그러나 다른 이유도 있다. 나는 식물 키우는 데는 소질이 없다. 오히려 그 반대이다. 그러나 개나 고양이, 새, 물고기, 카멜레온 등 동물은 정말 잘 키운다. 하지만 식물은 사오는 것마다 모두 죽는다.

수년 전 미국에서 사무실에 두려고 잘생긴 큰 잎의 화초를 산 적이 있다. 물도 규칙적으로 주고, 햇볕에도 내놓곤 했는데, 결국 죽어버렸다. 나는 화분이 있는 곳에 앉아 그 화초가 한 잎 한 잎 이 세상을 떠나는 것을 슬프게 바라보았다. 그리고는 마침내 거의 줄기만 남은 화초를 쓰레기통에 던져버렸다. 지금도 키우려다 결국 실패한 작은 화분이 황량하게 내 책상에 놓여있다.

그래서 뭔가를 잘 키우는 사람들에 둘러싸여 있는 것은 기분 좋다. 게다가 서울 사람들은 정말 식물이 자랄 것 같지 않

는 곳에서도 잘만 키운다. 하루는 종각 한복판에서 조그만 정원을 발견했다. 평방 2미터 정도의 정원인데 누군가가 울타리를 쳐놓고 화초를 잘 키워놓은 것이었다. 종각에서 식물을 키울 수 있으면 그 어디서든 키울 수 있으리라.

날씨가 따뜻할 때 한 번 나가서 정원, 공원 등 서울의 녹색 지대를 즐겨 보라. 서울은 지하철을 잠깐 타면 일터에서 숲까지 금방 갈 수 있는 몇 안 되는 대도시 중 하나다.

선인장 나라

서부극 애호가들은 서울에서 사막의 회전초 하나 찾아볼 수 없다. 그러나 대신 선인장이라면 잔뜩 있다!

이곳에서는 꽃가게나 편의점에 진열된 작은 질그릇 화분에 담긴 선인장을 쉽게 볼 수 있다. 선인장도 여기를 좋아하는 것 같다. 아마 한국의 매운 음식이 고향인 멕시코를 떠올리게 하나 보다!

몇몇 장소들은 지나가는 사람들이 구경할 수 있게 선인장 정원을 꾸며 놓았다. 그와 같은 곳에서 차 쟁반만한 크기의 용기에 담긴 온갖 종류의 선인장들을 볼 수 있으며, 화려한 빨간색과 노란색의 꽃, 그리고 위협적인 가시가 시선을 사로잡는다. 도심에 있는 한 우체국의 접수대에는 조그마한 선인장 정원이 꾸며져 있었다. 울퉁불퉁한 두꺼비 한두 마리만 있으면 딱 좋을 광경이었다.

물론 한국의 저 작은 선인장 정원이라면 제일 작은 두꺼비들만 살 수 있을 것이다. 그렇지만 아마도 한국인들은 이 문제를 해결해버렸을 것이다. 자동차조차도 지극히 작게 만들어

낸 그들이 야생 생물 하나를 작게 못 만들겠는가?

이제껏 선인장 화분을 보지 못한 장소는 딱 한 곳, 식당에서였다. 아마 여기에는 이유가 있으리라. 저녁을 먹고 몇 차례 소주를 돌려 마신 다음, 그런 날카로운 물건이 곁에 있으면 안 되지 않겠는가!

핸드폰 도시, 고양이가 되고 싶은 사나이

긴 코와 푸른 눈, 창백한 피부를 빼면 나는 서울의 여타 샐러리맨과 다를 바가 없다. 한 가지 예외는 나는 핸드폰을 가지고 다니지 않는다는 것이다.

"헉!" (사람들의 외침이 들린다) "서울 살면서 핸드폰이 없다고요? 연락은 어떻게 하세요? 사람들이 당신께 연락하려고 하면 어떡하시려고요? 세상 사람들하고 연락이 아예 두절될 수도 있잖아요!"

글쎄, 그런 것은 다 괜찮다. 내게 연락하고 싶은 사람은 나의 사무실로 전화할 수 있고 또 찾아와 문을 두드릴 수도 있다. 그런 식으로 나와 연락할 수 없는 경우에는 아마 기다려야겠지.

아시다시피 서울의 상징은 '호랑이' 즉, 큰 고양이이다. 서울에 살면서 나 자신도 뭔가 큰 고양이처럼 되어버렸다. 사람들이 귀찮게 하는 것이 싫을 때가 있다. 그저 숲속 키 큰 근사한 나무에 올라가 사지를 쭉 뻗고 잠시 동안 세상으로부터 벗어났다는 안도감을 느끼며 고양이처럼 기분 좋은 가르릉 소리를 내게 해달라. 그게 바로 호랑이와 내가 핸드폰을 갖고 다니지 않는 이유이다.

사실 세상과 단절된 듯한 느낌이 조금 들 때가 있기는 하다. 내 주위의 사람들이 조그만 플라스틱 박스에 대고 재잘거릴 때면, 난 무슨 세종대왕 시대의 유적이라도 된 것처럼 느껴진다. 그러나 성가신 일도 적어졌고, 기괴한 상황도 피하게 된다.

예를 들어, 한번은 사직동에서 도로에 쭈그리고 앉아 죄 없는 아스팔트에 대고 소리 지르고 있는 사람을 보았다. 난 그가 미친 것이 아닌가 생각했다. 그런데 그는 핸드폰으로 전화를 하고 있는 것이었다.

게다가, 핸드폰 사용자들은 핸드폰 소리가 어떤지 알고 있을까? 그 소리 지르는 대화를 말하는 게 아니다. 이 기계장치가 내는 음악소리를 말한다. 〈1812년 서곡〉을 울려 전달할 만큼 그렇게 중요한 대화내용이 어떤 것이란 말인가? 미국에서는 그보다 더 작은 소음으로 총 맞아 죽은 사람도 있다.

그래서 나는 당분간 연락두절이다. 그게 어떻다는 건가? 근무시간 이후 세상은 나 없이도 잘 돌아간다. 자, 실례지만 아늑한 나무가 기다리고 있다.

가르릉….

내가 마지막 보게 될 광경

최근 의사들의 파업 기간 동안 한 가지 궁금한 것이 생겼다. 만약 서울의 누군가가 핸드폰을 귀에서 떼어내는 수술을 위해서 의사를 필요로 하면 어쩌지 하는 의문이었다.

핸드폰은 이제 서울 사람들의 신체 일부가 되었다. 핸드폰이 없는 젊은 사람을 본다면 여기가 딴 지방인가 하는 생각이 들 정도로 말이다. 핸드폰 때문에 사무실은 자꾸만 밖으로 확장되어 가고 있다. 내 고용주는 언제라도 자신과 연결이 되도록 나에게 핸드폰을 건넸다. 토요일에 원고를 수정해야 한다고 할지도 모르는 일이다!

사실상 한국은 핸드폰으로 다 연결되어있다. 언젠가 길바닥의 얼룩에 대고 소리치고 있는 남자를 보았을 때, 나는 그가 정신적으로 뭔가 문제가 있는 사람일거라 생각했다. 그러고 나서 그가 핸드폰을 들고 통화중이라는 것을 알게 되었다.

핸드폰은 때때로 다른 어떤 것들보다 신빙성 있게 사회적 지위를 암시해준다. 예전에 출입구 쪽에 쓸쓸히 앉아 있던 여자를 본 적이 있었다. 무척이나 가난하고 궁핍해 보이던 그녀.

혹시 가족에게 버림받은 게 아닐까? 절대 아니었다. 그녀는 곧 자신의 핸드폰을 꺼내 통화를 시작했다. 마치 올리버 트위스트를 눈앞에서 보는 듯한 느낌이었다.

서울에서 생활하는 내가 핸드폰 때문에 곤란을 겪는 것은 통화자가 운전 중일 때뿐이다. 내가 이 세상에서 마지막으로 보게 되는 광경이 다음과 같지 않을까 싶다.

서울의 한 운전자가 몰고 있는 차가 내게 달려온다. 한 손에 핸드폰을 들고 다른 손에는 담배를 들고, 핸들은 그냥 내버려 둔 채로 곧장 나에게로!

이럴 때 서울에 있다는 걸 실감한다

서울이 세계의 다른 대도시와 다른 점은 무엇일까?

이럴 때 서울에 있다는 걸 실감한다.

깔끔한 거리의 깨끗한 택시 안에 앉아 있을 때

낙서 하나 없는 깨끗한 지하철을 볼 때

고개를 들고 올려다보면 거대한 볼링핀이 보일 때

불을 먹는 괴물이 큰 이빨을 드러내며 웃고 있는 모습을 매일 보게 될 때

식탁 위의 음식 반이 밝은 붉은 색일 때

횟집 수족관 속에 있는 상어를 보기 위해 발걸음을 멈출 때

공사 현장의 만화거북이가 당신을 보고 웃을 때

거의 볼링공만큼 큰 배를 볼 때

가는 데마다 인삼이 눈에 띌 때

길을 가르쳐주는 사람이 "이순신 장군 동상에서 오른쪽으로 도세요."라고 말할 때.

커피숍이 특급호텔의 호화스런 로비 같을 때

사람들이 어디서 영어를 가르치느냐고 물을 때

서울은 깨끗하고 다채로우며, 빠르게 돌아가면서도 친근한, 21세기와 전통이 공존하는 곳이다. 위대한 도시가 아니면 뭐란 말인가?

서울의 통계자료

서울 시청에서 펴낸《서울백서》라는 책자에서 가장 흥미로운 읽을거리 몇 가지를 찾아냈다. 이 책자에는 세계에서 손꼽히는 도시 중 하나인 서울을 매력적으로 그려내고 있다.

예를 들어 2016년도 판을 보자면, 서울에서는 매일…

* 206명이 태어나고, 119명이 죽고, 157쌍이 결혼하고, 46쌍이 이혼한다. (영원한 것은 없다, 변화 말고는!).

* 7백80만 명이 지하철을 타고, 4백28만 명이 버스를 타다. (적어도 1백만 명은 도로 위에 갇혀 있겠다!)

* 76대의 차가 등록된다. (한국의 자동차들이 먼지 한 점 없이 깨끗한 이유를 알겠지?)

* 평균 성인 한 명이 303리터의 물을 소비한다. (아마 그중 대부분이 저 먼지 없는 차를 세차하는 데 쓰일 것이다.)

* 도시 전체는 시간당 12만7천 메가와트의 전력, 그리고 13만5천 배럴의 기름을 소비한다. (참기름이 아니라 석유를 말하는 것이다!)

* 대략 1만1천 명의 외국인 관광객이 서울을 방문하고, 17

건의 화재와 937건의 범죄가 발생한다. (여기에 인과관계가 성립하는 것은 물론 아니다!)

이 모든 활동 내역이 여러분을 피곤하게 만들었다면 조용한 커피숍에 들어가서 편하게 쉬는 건 어떨까? 서울에는 적어도 10만 개의 커피숍이 있을 테니까!

6

그런데 이해할 수 없는 서울, 서울사람

수수께끼 같은 만남!

한국에서 동양사회가 서양사회와 만날 때, 설명하기 힘든 만남이 많다. 인천의 한 신사는 예를 들어 나를 볼 때마다 껴안곤 했다. 왠지 모르겠다. 난 그 사람의 이름조차 모른다.

언젠가 서울의 어느 서점에서의 일이었다. 어떤 아가씨가 나한테 다가와 물어보듯이 'hernia'라고 쓴 종이를 내게 펴 보였다. 나는 그 단어의 뜻을 설명해주려고 했다. 그런데 그 아가씨가 낄낄대는 것이었다. 난 포기하고 정중하게 자리를 피했다.

그 아가씨는 그냥 외국인을 놀린 것일까, 아니면 사회학에서 하는 필드 리서치의 일종이었을까? 부디 내 행동이 누군가의 석사논문에 공헌했기를.

하루는 시내에서 잘 차려 입은 젊은이가 내 이름을 외쳤다. 분명히 전에 가르친 학생일거라 생각했다. 그런데 나는 그의 얼굴과 이름을 떠올릴 수 없었다. 그는 내가 아직도 서울에 있는 유명한 외국어 학원에서 가르치고 있냐고 물었다. "전 그런데서 가르친 적이 없는데요. 인천에서는 가르친 적이 있어요."

라고 대답했다. 그는 의아한 표정을 지었다. "그럼 제가 선생님을 어떻게 알죠?"라고 물었다. 정말 어떻게 그게 가능할까?

마지막으로, 어느 날 밤 경복궁 지하철역에서 마치 패션모델 같은 옷차림을 한 키 큰 한국청년을 만났다. 그는 잠시 나를 보더니 근엄한 군대식 경례를 하고 천천히 위층으로 사라지는 것이었다.

내 군대 경험이라곤 약 30년 전에 대학에서 서투른 공군 ROTC 생도로 일 년 정도 지낸 것이 전부인데 과연 내가 경례를 받을 만한 위치에 있는 것일까? 수수께끼 같은 동양의 미스터리라고 생각한다!

셰익스피어를 찾아서

서울 한복판에서 낯선 사람들은 나에게 접근해서 서양의 여러 가지에 대해서 조언을 구하곤 한다. 영어 편지를 쓸 때의 방법, 혹은 타임지에 실린 어떤 문구에 대한 설명을 내게 원하는 것이다.

어느 날인가, 셰익스피어를 간절히 찾던 사람이 있었다. 셰익스피어 작품 한두 점이 아니라 그는 셰익스피어 전집을 원했다. 시내의 한 서점에서 그는 나에게 다가와 말을 건넸다. "교양이 있으신 분 같군요." 나는 컬리 하워드* 같은 표정을 연출하지는 않았다. "셰익스피어의 전집을 찾고 있는데 도와주지 않겠어요?", "한 번 해보죠." 나는 대답했다. "이건 어떤가요?" 그는 네 편의 희곡이 실린 전집을 내밀었다. 아닌 것 같은데요, 하고 나는 말했다.

서점의 재고 목록을 샅샅이 뒤졌지만, 셰익스피어의 전집은 찾을 수 없었다. 그래서 나는 그에게 다른 서점에 가보라고

---

* 컬리 하워드(Curly Howard): 미국의 코미디언. 이상한 소리를 내며 웃는다.

했다. 그는 내게 감사하다고 했고, 우리는 헤어졌다.

그가 그 책을 찾았다면, 그가 〈겨울밤 이야기〉에 나오는 '곰에 쫓겨 퇴장'이라는 무대 지시를 보고 무슨 생각을 했을까 궁금해진다.

물론 이곳에서 곰이 쫓아오는 것은 아니지만, 나의 경우와 같은 상황이 발생할지 모른다. 그럴 때면 정중하게, 그리고 가능하다면 도움을 주어야 한다. 서울에 사는 외국인이라면 누구나 겪게 되는 일이니까 말이다!

서울은 누가 뭐래도 개들의 천국

지구상에서 가장 사랑 받고 멋대로 자란 동물을 꼽아보라면 그것은 아마 서울의 애완견일 것이다.

한국에 왔을 때 제일 먼저 눈에 띈 것은 지하철을 탄 젊은 여자가 작고 하얀 강아지를 자신의 무릎 위에 올려놓고 있던 광경이다. 그리고는 또 다른 여자와 강아지가 나타났다. 또… 그리고 또.

정말이지 놀라운 일이었다. 나는 고양이를 좋아하는데, 그렇게 데리고 다닐 수도 없지만, 그렇다하더라도 피투성이가 돼버릴 것이다. 넘쳐나는 소음, 빛, 냄새에 고양이는 극도로 예민해져서, 내 팔에 손톱을 박아버릴 것이다. 반면 개들은 워싱턴 DC와 볼티모어 사이의 철도처럼 쉽사리 따라와준다.

나는 곧 개들이 주인을 따라, 안 가는 곳이 없다는 사실을 발견하게 되었다. 심지어 식당에서 작은 슈나우저가 귀여운 눈을 들어 뭔가 달라고 애원하는 것을 경험하기도 한다. (결국 포기했지만.)

내가 개를 싫어한다는 것은 아니다. 개는 훌륭한 애완동물이며, 마치 제한적인 교육을 받고, 유별나게 자신의 자취를 남기고 다니는 사람과 같다. 그리고 멋진 친구가 되어줄 수도 있다. 물론 연대보증을 함께 선다든가 하는 것은 안 되겠지만 말이다.

여하튼 서울은 길들여진 작은 애완견들의 천국과 같은 곳이다. 며칠 전 나는 마치 아기라도 안고 가듯이 양팔에 소중히 작은 강아지를 안고 신사동 거리를 지나가던 중년 여인을 보았다. 그 광경은 감동적인 동시에 나를 동요시켰다. 자신의 애완견이라면 무조건 애정을 쏟아 부으면서도 다른 사람들에 대해서는 상대적으로 냉정한 이들을 주변에서 보아왔기 때문이다.

그렇다고 해서 그 개들을 비난할 수는 없다. 개들은 사람들에게 잊지 못할 추억을 남겨주기도 한다. 어느 날 저녁, 아파트 근처의 구멍가게에서 나는 아마도 가게 주인이 키우는 듯한 털이 복슬복슬한 작은 잡종견 한 마리가 종이 상자 안에 웅크리고 있는 것을 보게 되었다.

내가 잠시 멈춰서 내려다보자, 그 개는 "약속 하셨습니까?" 하듯이 커다란 갈색 눈을 들어 날 바라보았다.

한국에서 사라진 공간

내가 서울에서 일하고 있는 사무실 빌딩에는 두 개의 층이 없다. 바로 4층과 13층이다. 여기에는 서양과 동양의 미신이 결합된 사연이 있다. 건물은 항상 두 층이 없어야 하는….

한국에서는 숫자 '4'의 발음이 죽을 '사'와 발음이 같다. 결국 4층, 죽음의 층에서는 아무도 일하려 들지 않기 때문이다.

높은 빌딩의 엘리베이터를 탔을 때 엘리베이터가 3층에서 곧바로 5층으로 간다고 해서 놀라지 마시기를. 처음부터 4층은 존재하지 않았다.

(같은 이유로 한국에서 누군가에게 선물을 줄 때도 조심해야 한다. 무엇을 주든 물건을 4개로 주지 않는 것이 좋다. 이는 지하세계로 초대하는 것처럼 보일 수도 있기 때문이다.)

그러나 13이 운이 없다는 미신은 바로 서양의 문화다. 아쉽게도 한국 사람들은 이런 외국의 두려움까지도 받아들였다. 그래서 건축가들은 13층도 역시 없애고 결국 엘리베이터 조절도 더욱 복잡해지게 된 것이다.

그러는 동안, 서울의 수많은 건물들이 두 숫자를 어떤 두려움의 대상으로 받아들였다. 누가 4층, 13층에 있겠냐고? 잔인한 귀신, 유령 등 밤에 나타나는 그런 것들 아닐까?

내게 묻지 마세요. 과학적으로 설명할 수 없는 것은 나의 분야가 아니죠. 나는 단지 유순하고 매너 있는 보통 사람일 뿐.

잠깐! 김치를 먹기 전에...

김치찌개를 먹으려면 튼튼한 위장이 필요하죠.

잘못 했다가는 위벽이랑 십이지장에 불이 나거든요.

태양의 표면보다도 뜨거운 맛이

영원보다 오래오래 느껴진답니다.

이렇게 시고 매운 음식을 한국 사람들은 어쩜 그리 잘 먹을까요?

나나 여러분보다 훨씬 강인한 사람들이니까요.

먼 옛날 그들이 아직 아기였을 때부터

온 몸 속의 기관이 철갑으로 싸이지 않았을까요.

뭐, 내 말을 무시하고 김치찌개를 들이키는 사람이 있을지도.

이제 식도가 따가워서 보호막이라도 있었으면 하고 후회할걸요.

새빨개진 얼굴로 신음하며 바닥을 뒹굴고 있으면

위생병이 찾아와서 재빨리 문밖으로 끌고 갈 거예요.

입술이랑 콧구멍에선 연기가 피어오르는 당신을

의사는 수술실에서 기다리고 있겠죠.

내 친절한 경고를 잘 기억하리라 믿어요.

김치를 먹으려면 강철 위장이 필요하다는 것을.

건강 협회의 충고!

처음에 한국인들은 조금 쌀쌀맞아 보일지 모른다. 그렇지만 일단 친해진다면 이방인에 대한 그들의 배려는 정말 놀라울 정도다.

한국에서 어떻게 적응하는 것이 좋은지 이런저런 도움을 주는데, 그 방법 중에 하나는 수많은 충고들을 아낌없이 늘어놓는 것이다. 건강과 음식에 대한 것이라면 더욱 그러하다. “인삼을 먹어봐요.”, “인삼 음료를 한 번 마셔보세요.”라는 설득을 들을 때마다 1달러씩 받았다면, 지금쯤 빌 게이츠에 버금가는 재산을 모았을 것이다.

특정 과일이나 채소에 대한 한국인들의 지지도 대단해서, 각자 최고라고 생각하는 음식들을 나에게 강력하게 권장하곤 한다. 매일 방울토마토를 12개씩 먹어 봐요! 순무를 먹는 게 좋을 텐데요! 사과를! 배도! 쑥을 빼먹으면 안 되죠! 김치는 비타민C가 풍부하답니다! 이런 식으로 끝없이 계속 되는 것이다.

당뇨병이 있는 나는 혈당에 조심해야 하기 때문에 주변에

서 더 많은 충고를 듣게 된다. 가만히 듣고 있자면, 한국인들은 제각각 나름대로의 '당뇨병 치료법'을 가지고 있는 것 같다.

"특정 쌀을 먹어보지 그래요!" (쌀을 먹으면 여하튼 혈당이 높아지게 마련이다.)

"이런저런 캔 식품은 피하는 게 좋아요!" (이렇게 되면 혈당은 급격히 저하해서 축 늘어진 강아지 꼴이 된다.)

이런 충고들이 난무하는 한편, 지금 한국에서는 기름지고 콜레스테롤이 높은 서구의 음식들이 수없이 소비되어 나긋나긋하고 건강하던 젊은이들을 헐떡거리는 뚱보로 만들고 있다. 이것은 정말 아이러니가 아닌가?

젊은이들이여, 천천히! 천천히!

한국 나이로 48세에 망령이 들었는지 나는 몇 년 전보다 더 움직임이 느리다. 종종 나는 횡단보도에서 산중의 바위를 타고 흐르는 급류처럼 한국 젊은이들이 내 옆으로 밀어닥치는 것을 본다.

나는 이게 '빨리빨리 신드롬'이라는 얘기를 들었다. 이 말은 '서둘러라, 서둘러'라는 의미다. 한국의 젊은이들은 뭔가를 이루어야 한다는 강박관념 때문에 마지막 초까지도 생산적으로 사용할 필요를 느낀다.

따라서 그들은 걷지 말고 뛰라는 것을 당연히 여김에 틀림없다. 되도록이면 귀에 핸드폰을 끼고 뛰어라. 1초라도 그냥 보내선 안 된다! 가서 이루라! 지금!

이런 젊은이들을 보면 개인적으로 묘한 아픔을 느낀다. 성장기 때 나 역시 그랬다. 내 유년기와 청년기도 '빨리 빨리'였고 몇 배는 더했다. 정상에 오르라는 가족의 강한 압력 아래 나는 한동안은 잘 해냈다. 고등학교 졸업식 때는 우등상을 받기도 했고, 미국의 최고 대학 중의 하나로부터 우수한 성적으로 학위도 받았다.

그런데 대학원 과정 도중에 나는 망가지고 말았다. 내 자신을 되돌리는 데는 수년이 걸렸다. 더 강하고 현명한 사람이었더라면 그 귀중한 석사학위를 수여하며 프로그램을 마칠 수 있었을 것이다. 하지만 난 그런 사람이 아니었다. 생각건대 지하철, 그리고 인도에서 나를 밀치는 한국의 젊은이들 역시도 그런 사람들이 아닐 것이다.

물론 안다. 한국은 한국이고, 미국은 미국이다. 하지만 아무리 강한 동기의식을 지닌 사람이라 해도 스트레스를 감당하는 데는 한계가 있다.

그러니 한국 젊은이들이여, 속도를 늦추지 않겠는가? 빨리빨리 문화가 지속되는 한 얼마나 많은 사람들이 성공은 생각한 것보다 이루기 어렵고 또 실망스럽다는 것을 깨닫게 된다. 서른 살도 되기 전에 심장병으로, 혹은 고층 빌딩에서 뛰어내려 생을 마칠까 두려워진다.

한국인의 불평

한국인에 대하여 이해할 수 없는 것 중 하나는 '우리는 창의적이지 않아요!'라고 불평한다는 것이다. 친절한 그들에게 무례하게 반박하긴 싫지만, 이런 경우라면 '절대로 그렇지 않아요.'라고 말해야겠다.

천문학에서부터 전술에 이르기까지, 한국인에게는 다른 어느 나라와도 견줄 수 없는 창의적인 유물들이 전해져왔다. 그 중 가장 유명한 예를 하나 들어보면, 햄프톤 길목에서 모니터호와 버지니아호가 대격돌을 벌이기 수세기 전 한국의 이순신 장군은 철갑 군함을 발명해냈다. (버지니아에서 나고 자란 나는 이순신 장군이 내 조상보다 훨씬 전에 그런 발명을 해냈다는 사실에 깜짝 놀랐다!)

우리 세대만 보더라도, 한국인들은 장난감 산업에서 소프트웨어에 이르기까지 모든 것들을 개발해왔다. 내 컴퓨터에는 어느 한국인이 고안해 낸 바이러스 예방 프로그램이 깔려있다. 또 오늘날 한국의 상인들은 전 세계를 누비고 있다.

한국의 예술가들은 나무 조각이나 붙여놓고 '조각품'이라고 떠벌리는 서방인보다 몇 광년이나 앞서 있다. 누가 벽에 진흙덩어리를 던져놓은 것처럼 보이는 것을 작품이라고 말할 정도로 최근 미국 예술은 퇴보하고만 있다.

유행하는 주제들을 막대 모양 사람으로 표현해 명성을 얻었던 어떤 서양화가가 떠오른다. 그 화가의 이름을 채워 넣는 것은 여러분에게 맡긴다. 막대 모양 사람이라니! 한국인 예술가라면 그보다 더 독창적인 것을 만들어낼 수 있으리라 확신한다.

예술, 음악, 산업디자인…. 그 어떤 것이든 한국인들은 주어지는 대로 창의력을 발휘할 수 있다. 자신들이 창의적인 한국인이란 사실을 깨닫기만 한다면 말이다!

미스 김의 추격전

명문대 출신인 미스 김은
한국에서 제일가는 식물 재배가.
장미, 플록스, 양상추 등을
자라고 또 자라게 가꾸었다.

더 빨리 자라게 하려고
베를리오즈의 음악을 틀어댔다.
화분마다 놓인 스피커에서
밤낮으로 나오는 금관악의 굉음

인삼 가격을 본 그녀,
야심만만하게 외친다.
"베텔기우스*만큼 큰 인삼을 키우면
엄청난 돈을 벌 수 있어!"

* 베텔기우스 : 오리온자리 3개 별 중 붉은 1등성 별

그러나 인삼은 반항하기 시작하여
"트럼본 소리는 이제 그만!"이라고 소리쳐댄다
그리고는 화분에서, 그 커다란 뿌리를
단번에 뽑아서 달아나버렸다

미스 김은 이를 추격했고
압구정동 사람들은 놀란 눈으로
재빨리 달아나는 커다란 식물 뿌리와
번개같이 뒤쫓는 그녀를 바라보았다

이 골목 저 골목 쫓고 쫓기며
아마도 그들의 추격전은
영등포에 다다르는 그날까지 계속 될 것이다
그날이 오면, 여러분께 알려줄게요.

서울의 고독한 여인

한국에서 만난 나의 전 동료 중 한 사람은 '고독한 여인'으로 불렸다. 뭐, 적어도 나는 그렇게 불렀다.

함께 일하면서 이 고독한 여인은 내 사무실에서 여러 번 눈물을 보였다. 그것을 보며 한국에서 여성들에게 직장 생활이 어떤 의미인지를 많이 생각해보게 되었다.

평범한 젊은 직장인이었던 그녀는 나를 비밀을 털어놓을 수 있는 친구라고 생각했는지 몇 번이나 사무실로 와서 이런 저런 하소연을 하곤 했다. 여기서 흥미로운 점은, 변덕스러운 애인에게 차였다거나 폭력적인 남편의 학대 때문에 우는 것이 아니라는 거다. 그녀는 사무실 내 여성들의 지위구조상 하부에 속했고, 종종 주변의 괴롭힘을 받았다. "날더러 못생겼다고 그래요!" 그녀가 털어놓았다.

그녀가 모델 같은 외모를 갖고 있지는 않다. 그렇지만 옷을 잘 차려입고 맡은 작업을 깔끔하게 해내는 그녀가 그런 조롱을 받을 수는 없는 일이다. 듣는 건 힘든 일이 아니니 나는 들어주었다. 심지어는 그녀를 위해 사무실 안에 티슈 한 통을 준비해두었다. 그러지 않으면 사무실이 눈물바다가 되어 컴퓨터까지 고장 났을 것이다.

결국 고독한 여인은 누군가와 결혼한 것으로 알고 있다. 지금쯤 어디에서 살고 있는지 알 수는 없지만, 아마도 헌신적인 남편과 함께 행복하게 살고 있지 않을까 싶다.

비슷한 유형을 한국에서 만날 상황에 대비해서 이 고독한 여인을 잘 기억해둬라. 이들은 한 번 보면 알아볼 수 있다. 일정 수준의 외모가 안 된다고 해서 주변에서 모욕을 받고 외로움을 타는 젊은 여성이 바로 그 유형이다.

그녀의 이야기를 잘 들어주고 동정심을 보이며 용기를 북돋아주어라. 아마도 그녀는 주변에서 그런 것들을 겪지 못했을 테니 말이다. 그리고 티슈 한 통은 꼭 준비해둬야 한다.

무당의 역사

무당은 한국의 상징이다. 그녀들의 알록달록한 옷과 높이 솟은 모자는 미국인에게 우체부의 푸른 유니폼처럼 한국인에게 친숙하다.

모든 무당이 여자인 것은 아니고, 남자 무당도 있다. 하지만 여자 무당이 더 일을 잘 하고 더 바쁘게 활동하는 편이다. 그녀들은 건물의 제막식이나 영혼과의 접촉, 기타 여러 종류의 초자연적 현상들에 불려 다닌다.

미국 사회와 비슷하게 들리지 않는가? 미국 전역에 걸쳐 사람들은 병에서 완치되고 행운을 가져오기 위해, 혹은 (주장하는 바에 따르자면) 죽은 자의 영혼과 교신하기 위해 신념 치료자, 부적과 같은 여러 가지에 매달린다. 사실 미국 샤머니즘의 전통은 뉴에이지 시대의 사람들이 샤머니즘을 돈을 버는 데 이용하기 오래 전에 확립되었다. 인디언의 역사에 나오는 '치료사'들은 사실 무당과 같은 존재다. 그들이 하는 일 중 하나는 육체를 떠나 저승을 떠도는 영혼을 다시 불러들이는 것이었다.

한국에서 무당의 역사는 미국보다 조금 더 오래 되었지만 '중개자로서 돈을 벌어보자'는 발생 동기는 기본적으로 같다. 한국의 무당은 돈과 관련하여 조금도 감추는 것이 없다. "짜게 굴면 굿 못하지!"라고 무당이 말하면 구경꾼들은 냉큼 주머니에 손을 넣어 돈을 꺼내주어야 하니까 말이다.

글쎄, 10만 원을 버는 방법으로는 참 쉬운 것 같다. 그렇지만 무당의 기교는 너무 빤히 들여다보여서, 그냥 척 보기에도 굿판에 초자연적인 힘이 작용한다기보다 단순히 미신의 일종으로 느껴진다.

굿과 쇼

예전에 내가 한 사립학교에서 영어 회화 상급반을 지도했을 때 무당과 굿이 수업의 화제가 되었던 적이 있었다. 학생들은 화려한 의상을 갖춰 입은 무당이 선보였던 기적들에 대해서 나열했다. 무당은 죽은 자의 목소리로 이야기하고 작두 위에서 맨발로 상처 하나 입지 않고 설 수 있으며 다른 영혼을 자신의 몸에 불러들이기도 한다는 것 등이었다.

무당이 작두 위에 설 수 있다고 치자. 만약 작두날이 녹슬어 있다면 큰 위험이 있을 리가 없다. 그리고 날카롭게 선 날이라 해도 맨발바닥을 충분히 보호할 수 있는 방법도 있다. 발바닥이 보이지 않게 한다면 어떤 방법인들 안 통할까!

"죽은 사람의 목소리로 이야기한단 말이에요!" 오, 제발 정신 차리게들. 이런 속임수는 고대 로마시대부터 알려진 것이란 말이다. 믿으려고 한 번 굳게 마음먹는다면 조금만 음산하게 목소리를 내어도 다들 유령의 목소리라고 쉽게 속을 것이다. 해리 후디니라고 하는 망명 예술가는 이런 식의 속임수를 밝혀내는 데 일가견이 있었다.

다른 영혼이 몸으로 들어온다고? 글쎄, 조금만 숙련된 연기자라면 '영혼의 중개자' 역할을 해낼 수 있을 거다. 눈을 반쯤 감고, 손을 벌벌 떨고…. 레모네이드 만드는 것보다 훨씬 쉬운 방법이다.

미국 마술사들 역시 비슷한 속임수를 쓴다. 그들은 그냥 점토 덩어리 가지고 '기적'을 행했다고 떠벌리기도 한다. 뉴에이지시대의 사람들은 누가 그 '기적'의 효력을 질문할 때마다 움찔한다. 흥, 난 이들을 의심한다. 대놓고 껄껄대며 비웃기도 한다. 옆에 유난떠는 사람이 있다면 이보다 더 못된 짓도 해버린다. (지금 내가 누구를 이야기하고 있는지 아마 여러분은 알 수 있겠지.)

물론 이런 것들로 한국을 조롱하자는 의도는 아니다. 한국은 매력적이고, 나는 이곳을 너무나도 사랑한다. 사실 미국 사회에는 이와 유사한 '무당 속임수'가 넘쳐나고 있다. 단지 나는 초자연적인 힘이 일련의 상황에 개입되었다고 생각하지 않는 것이다. 무당과 굿은 단지 쇼에 지나지 않는다. 만약 이런 쇼를 보고 싶다면 세종문화회관으로 한 번 가보는 것이 어떨까!

7

나는 이런 일을 하는데, 어쨌든 죄송합니다!

자막을 쓰는 남자

서울의 빌딩 사이 눈에 띄지 않는 사무실의 작은 방 한쪽, 큰 코에 회색 수염을 한 남자가 무엇을 써야 하나 고민하면서 조용히 키보드를 두드리고 있다. 여러분은 이 남자가 누구인지 아마 알거다. 바로 나!

내 '비밀 생활'은 한국 TV쇼 원고의 초벌번역을 교정해서 좀 더 간략하고 관용적인 영어 표현으로 바꿔주는 것이다. 달리 말하면, 한국쇼에 딸려나가는 영어 자막들이 홍콩 영화의 자막처럼 보이지 않게 확인하는 것이 바로 내 직업이다. 그 홍콩 영화란 것이 어떤 것인지는 아마 다들 알 것이다. "하하! 결단코 너의 머리를 잘라서 저 더러운 상자 속으로 던져주겠다!" 이와 같은 자막이 나오는 무술 영화를 말한다.

그런 상태로 아시아 전역에 방송되어 비웃음을 사기 전에 동료들과 나는 여러 수사적 문장들을 고치려 애쓴다. 그리고 우리는 매일같이 영어라는 언어가 얼마나 모호하고 어려울 수 있는지 새삼 깨닫게 된다. 언젠가 아주 사소한 철자법의 실수로 물고기의 이름이 인종차별적 단어로 바뀐 적이 있었다.

잘못 사용된 한국 고유의 동사 하나가 절대 방송 불가능한 단어로 바뀐 소동도 있었다.

자, 이것이 언어로 인한 정신적 소모다. 한글을 영어로 옮기면서 뭔가 중요한 단어를 빠뜨려서 지구 저쪽으로부터 웃음(더 나쁠 경우라면, 분노)을 불러일으키지 않을까 항상 두려워해야 하는 것이다.

앞으로 내가 괴성을 지르며 뛰어다닌다거나 세면대 앞에서 손을 벌벌 떨고 있는 것을 보게 된다면… 그게 바로 내 수염이 하얘진 이유다!

부끄러운 미국인

깜짝 놀랄 뭔가를 원하세요? 그렇다면 종각에 있는 커피숍에 한 시간 정도 앉아 지나가는 서양인을 바라보시라.

싸고 남루한 옷을 입은, 몸치장을 제대로 안한 사람들을 보게 될 뿐이다. 그들은 아시아의 가장 위대한 도시 하나를 방문한 것이 아니라 마치 밭일 나가거나 맥주 파티에 가는 것처럼 옷을 입고 있다.

당신 집을 찾아온 손님이 누더기를 입고 희망 없는 얼간이처럼 행동한다면 참을 수 있겠는가? 물론 아닐 것이다!

그러나 한국을 방문한 사람들 중에는 꼭 이런 사람이 있다. 그리고 한국인의 인내가 믿기 어려울 정도로 대단하게 발휘되는 동안 나는 저렇게 지저분한 외국인들이 비틀거리고 가는 것을 보면 한국인들 머리에 무슨 생각이 스쳐지나갈까 하고 궁금해진다.

미국인으로서 나는 미국인이 사실상 누더기나 다름없는 옷을 입고 서울을 돌아다니는 것을 보면 참을 수가 없어 몸이 벌벌 떨린다. 어떤 미국인들의 지저분한 모습, 가령 흐트러진 머리라던가 거적 같은 옷, 싸구려 샌들 등의 차림새를 보면 마치 만화에 나오는 원시인 같아 보인다.

서울의 한 학교 임원이 최근 나에게 옷차림이 엉망인 젊은 미국인 선생들을 얼마나 싫어하는 지에 대해 이야기했다. "선생님이 학교에 수영복같이 생긴 옷을 입고 온답니다!"라고 그는 으르렁댔다.

어느 누구도 외국인이 한국에 있는 동안 백악관 저녁식사에서나 입을 듯한 옷차림을 기대하지는 않는다. 하지만, 옷을 적절하게 잘 입는 것은 정말 좋은 생각이다.

커다란 노력이 드는 것도 아니며, 동시에 집주인인 한국인들에게 존경을 표하는 것도 된다. 한국 사람들은 외모에 치중을 하는 사람들이므로 만일 외국인들이 그들과 같이 외모에 신경을 써준다면 기뻐할 것이다.

대충 옷을 입는 것은 미국에서는 관행일지 모르지만 여기, 한국에서는 아니다. 다시 말하면, 넥타이를 매지 않을 거라면, 적어도 깨끗하고 찢어지지 않은 청바지를 입길!

영어의 맹점

미국에서 자란 나는 '이해할 수 없는 동쪽 지역'이니 '신비로운 동양'이라는 말을 종종 듣곤 했다. 그러나 서울에 와서 그 말이 사실이 아니라는 것을 깨닫게 되었다.

사실 수수께끼 같다는 것은 다른 쪽에 해당하는 것 같다. 서양 사회가 동양 사회보다 더 이해하기 힘들지 않은가! 진짜 수수께끼를 알고 싶다면 영어라는 언어를 한 번 살펴보아야 한다.

완전히 비논리적인 것은 아니지만, 좀 의심스러운 면이 영어에는 있다. 발음과 전혀 관계없어 보이는 단어들이 있다는 것을 생각해보면 잘 알 수 있을 것이다.

버나드 쇼는 이와 같이 기묘한 영어 철자로 재미있는 장난을 생각해내곤 했다. 예를 들어, 'ghoti'라는 단어는 어떻게 발음해야 할까? 아마 '고우티'라는 대답이 나올 것이다. 버나드 쇼에 의하자면, 그것은 오답이다. 이 단어는 '피쉬'라고 발음된다!

'ghoti'가 어떻게 '피쉬'로 읽히느냐고? 간단하다. 'tough'에서 'gh'음을, 'women'에서 'o'음을, 그리고 'action'에서 'ti'음을 따오는 것이다. 그럼 gh-o-ti 는 ㅍ-ㅣ-쉬가 된다!

말도 안 되는 예라고? 글쎄, 그럴지도 모른다. 그렇지만 영어의 세계는 이런 식의 불합리성으로 가득 차 있다. 영어에서 보이는 발음과 철자의 부조화는 수수께끼 같은 서양 사회의 미스터리 중에 하나다.

복수형, 제발 제겐 묻지 마세요!

나의 시는 아름다운 봄에 대한 것도
신록이 우거진 자연 경관을 노래한 것도 아니지
대신 내가 다룰 것은 무시무시한 그 무엇
지독한 영어의 복수형!
그냥 's'를 붙이는 것만으로
충분하지 않을 때가 있지
복수형은
일관성 없는 악몽!
tree는 trees, wreath는 wreaths인데
왜 tooth의 복수형은 teeth가 되며,
louse는 lice, mouse는 mice인데
왜 home의 복수형은 hice가 아닌 houses란 말인가!
불모의 땅 서부에는 cacti, 선인장들이 자라지만
지식은 facti가 아닌 facts, 사실들에서 자라난다네
deer는 deer, moose는 moose인데
왜 거위 떼는 goose가 아니라 geese라고 하는 건지!

만약 영어 수업을 듣고 있는
한국인 꼬마에게 어떠냐고 묻는다면
들을 수 있는 최상의 칭찬으로
적어도 따분한 라틴어는 아니니까요
라고 하겠지!

접두사, 차라리 중국어로 말해요

오늘밤 내가 집중하고 있는 것은
딱딱하고도 냉정한 문제
머릿속을 가득 채운 의문이란,
은행나무의 잎은 두 쪽인가?

서울 시내의 거리에는
은행나무가 큰 가지를 드리운다.
농부와 쟁기에 드리웠던
예전의 그때와 같이

가을이면 은행나무는 제 색깔을
태양처럼 노란색으로 바꾸어 물들이고
두 쪽으로 나누어진 그 잎을
모든 이들의 발밑에 떨어뜨린다.

분명히 은행잎은 두 쪽으로 나뉘었고

이제 접두사가 문제다.
'di'가 붙을 것인가, 'bi'가 붙을 것인가 하는 문제가
나의 지친 대뇌 조직 사이를 맴돈다.

은행잎에 적용시킬 영어의 어법이
지친 내 머리를 휘감으며 돌아가고
답을 찾을 때까지
차라리 중국어로 말해요.

조용한 크리스마스

12월, 서울 시내에서 "호, 호, 호!" 하는 소리를 들으려 한다면 좀 실망할지도 모르겠다. 여기는 사실 '산타 관할구역'이 아니니까…. 그리고 구두쇠 스크루지 같이 들릴지도 모르겠지만, 나한테는 고마운 사실이다.

서울에 대해 만족스러운 것 중 한 가지는 서구의 크리스마스를 대단히 차분하게 보낸다는 점이다. ('서구의 크리스마스'라고 굳이 표현한 것은 그리스 정교회에서는 약 2주 후 요한 탄생 축일을 따로 보내기 때문이다.)

미국에서는 크리스마스 준비가 8월부터 시작된다. 그리고 10월쯤 되면 점점 커지는 종소리와 캐럴 소리, 그리고 각종 크리스마스 소음들이 저 칼스배드 동굴*로 도망가 숨어버리고 싶을 만큼 내 머릿속을 어지럽힌다. 깔깔대는 요정들과 말하는 순록이라니, 차라리 박쥐들과 어울리는 것이 나을 것이다.

한편 주변에서는 폭발하는 소비 경제로 난리가 아니다. 내

* 칼스배드 동굴(Carlsbad Carverns): 미국 뉴멕시코주 남동부에 있는 국립공원.

가 살던 메릴랜드 집 근처에는 촌스러운 상품 진열로 악명 높은 상점 하나가 있었는데, 산타가 기타 치는 그림이 그려진 상자와 함께 아주 작은 장난감 기타를 판매했었다. 보통 아이라면 2분 정도 뒤적이다가 곧장 던져버릴 장난감이었다. 이런 상품에 대해서 – 시장 내의 수요에 의해 만들어진 것이지만 – 네팔이나 우간다 사람들에게 어떻게 설명할 수 있겠는가?

이렇듯 과도한 크리스마스 분위기는 미국 전역을 휩쓸어 버린다. 그렇지만 아마 한국에서는 통하지 않는가 보다!

자, 내게 좋은 생각이 있다. 국가 대 국가로, 한국이 산타의 조그마한 기타를, 그것을 고안해 낸 바다 건너 저 소비 제국으로 다시 던져버리는 것은 어떨까. 그런 다음에야 "호! 호! 호!" 하는 웃음을 터뜨릴 수 있을 것이다.

이 도서의 국립중앙도서관 출판예정도서목록(CIP)은 서지정보유통지원시스템 홈페이지(http://seoji.nl.go.kr)와 국가자료공동목록시스템(http://www.nl.go.kr/kolisnet)에서 이용하실 수 있습니다. (CIP제어번호: **CIP2018002799**)

데이비드 리치 씨의

골목 골목 재미있는 **서울 이야기**

글 · 그림 / 데이비드 리치
펴낸이 / 조유현
편　집 / 이부섭
디자인 / 박민희
펴낸곳 / 늘봄

등록번호 / 제300-1996-106호 1996년 8월 8일
주소 / 서울시 종로구 동숭4길 9 (동숭동 19-2)
전화 / 02)743-7784　　팩스 / 02)743-7078

초　판 발행 / 2002년 3월 25일
개정판 발행 / 2018년 2월 20일

ISBN 978-89-6555-068-6 03840

※ 값은 표지에 있습니다.